Merci à ma fille, Séléna,
pour sa collaboration à ce roman.

DEPART EN VILLE

Les flammes vacillantes des deux bougies sur leur bougeoir éclairaient l'intérieur du chalet juste suffisamment pour que la jeune fille puisse voir les cartes retournées, devant elle. Elle n'hésita pas longtemps avant de poser sa main sur l'une d'elle, la première intuition étant toujours la bonne, il ne servait à rien de réfléchir et elle le savait. Elle la retourna et découvrit l'image d'un squelette vêtu d'une longue houppelande noire et tenant à la main une faux… Doucement, comme le lui avait appris sa grand-mère, elle prononça la signification symbolique qui lui correspondait si bien ce matin-là.

- L'arcane sans nom, La mort. L'initiation, le début d'une nouvelle vie, de ma nouvelle existence…

Elle n'avait pas peur de cette carte car elle ne faisait que confirmer ce qu'elle savait depuis la mort de Céliana, sa grand-mère : il lui fallait partir du chalet, de la montagne et découvrir une autre vie.

Après un soupir de résignation et de légère angoisse, elle regroupa les cartes et les rangea délicatement dans un coffret en bois. Elle prit en main le pendule comme si elle allait le consulter, mais à quoi bon ? Que pourrait-il lui dire de plus ? Elle replia le tissu de soie mauve sur lequel elle avait disposé les cartes, le mit délicatement dans le coffret, recouvrant le jeu de tarot, le pendule et d’autres objets ésotériques appartenant à sa famille depuis des siècles. Des deux mains, elle referma le couvercle. Elle tourna la petite clé, l’enfila sur une chaîne en or qu’elle accrocha à son cou. L’image bien nette de Céliana, exécutant ce geste s’imposa à elle, ses pensées lui firent mal. Ce n’était pas le moment !

Elle souffla les bougies et les reposa sur la cheminée. Elle enfila une longue veste sombre à capuche, entendant la voix de Céliana : « C'est avec cette veste que je suis descendue à Grenoble pour la première fois de ma vie » Wihéa regarda le plafond dans une ultime prière en ces lieux de son enfance, murmurant :

- Maman, Papa, accompagnez-moi, je vous en prie ! Mamilla, ne m'abandonne pas !

Mamilla… Enfant, elle avait baptisé sa grand-mère de ce surnom affectueux.

Elle ramassa le sac de voyage et se dirigea vers la porte. Le soleil déjà puissant de cette fin de matinée pénétra dans la maison et, sous sa lumière, le regard de la jeune fille fit une dernière fois le tour de la pièce. La présence de Mamilla était encore si palpable qu'elle se serait presque attendue à la revoir là, confortablement assise dans son vieux fauteuil… Son cœur se serra, les larmes envahirent ses yeux déjà rougis, elle avait si mal de partir, reviendrait-elle seulement un jour ?

Elle appuya son front contre la porte, maintenant refermée sur ses souvenirs.

- Oui, je reviendrai ! Quand je saurai la vérité !

Enfin, quand le bus s'arrêta à son terminus, un soulagement envahit Wihéa. Qu'il avait été long ce voyage !

A Orcières, quelques villageois l'avaient regardée et lui avaient fait un signe d'amitié, mais sans venir lui parler. Avaient-ils compris qu'elle partait réellement ? Cela leur semblait si improbable qu'ils n'avaient réagi qu'en la voyant monter dans le bus, mais il était trop tard pour tenter de la retenir…

Seule sur le siège qui l'emmenait loin de chez elle, elle n'avait pas tenté de lutter contre la douleur de quitter les montagnes, ses larmes avaient coulé sans cesse, silencieuses. Entre La-Salle-en-Beaumont et Vizille, une femme d'une cinquantaine d'années s'était assise près d'elle et avait tenté de la distraire. Elle lui avait proposé des gâteaux, mais Wihéa avait refusé. Elle n'aurait rien pu avaler tant son estomac était noué.

Au moment où elle descendait, le chauffeur qui l'avait observée depuis son rétroviseur lui toucha le bras :

- Ça va aller, mademoiselle ?

- Oui, je pense, merci !

- Je fais toujours cette ligne et j'espère avoir le plaisir de vous ramener chez vous un de ces jours. Sa main se serra un peu plus sur le bras de Wihéa qui comprit ce signe d'encouragement.

- Au revoir mademoiselle ! Et bonne chance à Grenoble !

Elle tenta de sourire au conducteur sympathique, mais ses yeux la brûlaient. Elle posa sa main sur celle de l'homme, respira profondément :

- A bientôt.

Sa voix se brisa, mais elle saisit son sac et sortit rapidement du bus.

Au bout de quelques pas, elle posa son bagage à ses pieds sans pouvoir s'empêcher de s'exclamer :

- Pouah ! Quelle odeur !

Elle fit la grimace, mais cette manifestation de pollution eût le pouvoir de la ramener à la réalité, lui faire reprendre ses esprits qu'elle aurait eu tendance à laisser errer dans son passé.

Elle regarda sa montre. Il était déjà dix-huit heures et il commençait à pleuvoir. A l'abri sous un porche, elle sortit le papier que lui avait donné le banquier du village. Elle repensa avec amusement à cet homme bienveillant qui avait passé au moins une heure à lui expliquer comment se servir de son compte, son chéquier, sa carte bleue (qui n'était d'ailleurs pas bleue…) Ses parents, sa grand-mère, tous lui avaient laissé de l'argent à la banque, mais jusqu'à présent, elle ne s'en était jamais préoccupé, Mamilla réglant diverses factures, notamment les cours par correspondance que la jeune fille prenait depuis l'école primaire. Leurs autres frais, au village d'Orcières, étaient payés en général en argent liquide…

Mais elle n'était plus au village… et elle devait réagir : "Bon, réveille-toi, ma grande, il faut trouver un taxi !" Le début de soirée se faisait sentir sur la place. Les passants se pressaient, elle les regarda courir avec une certaine curiosité… Curiosité réciproque si elle en jugeait par les regards que lui lançaient certaines personnes…

Elle observait les magasins, les gens. A la devanture d'un marchand de cartes postales anciennes et timbres en tout genre, elle resta stupéfaite devant une affiche publicitaire : la femme dessinée avait la même tenue qu'elle : même veste longue et sombre, même sac de voyage en cuir marron, certes rassurant, sauf que…. L'affiche datait de 1946 ! et on était en 2004… Soudain, elle comprit les regards surpris des passants. Son constat ne fit qu'augmenter son angoisse… On était au vingt-et-unième siècle !

Elle n'avait pas prêté attention à sa tenue, elle avait enfilé la veste de sa grand-mère afin de se sentir protégée et moins seule, simplement. C'était aussi pour cette même raison qu'elle avait pris le vieux sac au lieu de prendre une valise plus récente, ou même son sac à dos. Elle n'avait jamais été au fait de la mode, mais, en cet instant, elle se sentit ridicule, vraiment idiote de ne pas avoir pensé que plus personne ne s'habillait ainsi.

Passant dans un bruit sourd, le tramway la fit sursauter. Il glissa devant elle et elle le suivit des yeux jusqu'à ce que le détour d'une rue le cache à sa vue.

Se concentrer, elle devait se concentrer sur les choses, observer, ne pas penser, pas maintenant ! Chercher un taxi… Aller chez la sœur du banquier… Dans cette tenue grotesque ? Et puis, elle n'avait pas prévenu, elle était partie si rapidement… Elle ne pouvait pas aller chez des inconnus comme cela… Elle devait chercher un hôtel.

Elle en trouva deux dans les vieilles rues, mais ils étaient sales et ne l'incitaient pas à rester… Devant le troisième, une femme en jupe très courte et soutien-gorge rouge l'aborda :

- Ta place n'est pas dans cet hôtel, ma chérie !

Elle voulut bien la croire sur parole et n'insista pas.

Wihéa repartit dans les rues pavées, dans le bruit, les voitures, les bus, les trams, les talons des passants sur le trottoir mouillé… Tout lui semblait si surréaliste, si nouveau et si… désagréable. Elle parvint à distinguer le seul son rassurant pour elle : l'eau tombant sur les toits. Elle essaya de se concentrer ; écouter la pluie et trouver un hôtel… Ne penser à rien d'autre… Son pas se fit de plus en plus rapide et soudain, elle s'engouffra sous un porche, afin de se mettre à l'abri. Elle se laissa pratiquement tomber à côté de son sac, assise sur ses talons et mit ses mains sur ses oreilles :

- Ne plus entendre, ne plus voir, ne plus être ici…

Elle se parlait intérieurement mais elle entendit répondre :

- Mais si, il le faut, tu dois trouver la vérité !

La voix sembla lointaine, sourde, et pourtant si présente… Wihéa murmura :

- C'est toi, Mamilla ? Aide-moi de là-haut, je t'en prie !

Ses larmes coulaient maintenant et elle ne cherchait plus à les retenir, mais entendre Mamilla la rassura un peu. Elle n'était pas loin… Une main se posa sur son épaule. Sans bouger, les yeux toujours clos, la jeune fille demanda doucement :

- Mamilla, tu es revenue ?

- Mademoiselle… répondit une voix rauque.

Elle sursauta : cela ne pouvait évidemment pas être sa grand-mère ! Elle ouvrit de grands yeux et regarda un homme qui lui souriait et s'assit sur le sol près d'elle. Il lui parut vieux, il devait avoir… au moins cinquante ans… Son pardessus était terriblement usé… Il était mal rasé mais ses yeux bleus reflétaient énormément de douceur. D'instinct, elle comprit qu'elle n'avait pas à avoir peur de lui. Son chien, un Husky, s'approcha d'elle et lui lécha la main. Elle sécha ses larmes et l'homme lui affirma doucement :

- Vous me faites mal, ici, toute perdue… Que faites-vous, toute seule ? vous n'avez pas froid ?

- J'ai le manteau de ma grand-mère…

- Et votre grand-mère vous laisse venir toute seule en ville ? Et vos parents aussi ?

- Ma mère et mon père sont morts quand j'étais enfant, et ma grand-mère il y a deux semaines…

Elle avait débité cela d'une traite… fermant les yeux de désespoir, comme pour justifier sa présence solitaire…

La voix de son nouvel ami se fit encore plus douce :

- Vous semblez tombée d'une autre planète…

- Plutôt d'une autre époque, je crois…

- Ah ça… c'est sûr… Il rit et ce fut communicatif…

Elle qui pensait ne plus jamais sourire, voilà que, perdue dans cette ville, elle riait avec un inconnu… Cela la surprit un peu et elle mit cela sur le compte de ses nerfs.

Le chien s'était couché à ses pieds et elle le caressait doucement. La douceur de ses poils la réchauffait autant physiquement que la présence de son maître la réconfortait…

- Je m'appelle Matthieu et lui, c'est Reporter ! dit-il soudain, pour rompre le silence.

- Et moi, c'est Wihéa.

- Quel joli prénom, c'est de quelle origine ?

- Mon arrière arrière-grand-mère s'appelait ainsi… cela vient des celtes je crois…

- Et donc, Wihéa, que faites-vous donc toute seule dans cette ville ?

- Je… il faut que … c'est pour…

- Bon, laissez tomber, je ne voulais pas vous gêner avec ma question !

- Je... il faut...

- Chut ! Alors, prenons la question autrement : là, ce soir, que comptez-vous faire ?

- Chercher un hôtel pour dormir.

- Bonne idée. Nous allons aller vers la gare, ce sera mieux que dans le quartier, il n'y a que des hôtels de passe...

- De passe, c'est quoi ?

Matthieu sourit mais ne répondit pas... Il ne voyait pas comment expliquer à cette jeune fille étrange la signification de ce mot !

Il se leva, imité par Wihéa. Il lui prit le sac des mains et ensemble, ils regagnèrent la rue. Il ne pleuvait plus et la foule était moins dense que tout à l'heure... Les vitrines avaient baissé leurs rideaux de fer... Ils arrivèrent devant l'Hôtel de la Gare, un vaste bâtiment ancien... Matthieu posa le sac devant l'entrée.

- Bien, il faut que je vous laisse maintenant. Vous voici arrivée. Dites-moi, cela coûte 42 € la nuit, vous avez de quoi payer ?

Wihéa fit un signe affirmatif de la tête et regarda la porte de l'hôtel, le vaste corridor... Une sourde angoisse la reprit. Un homme en tenue bizarre la regarda depuis la réception... Elle avait peur... De nouveau, les larmes envahissaient ses yeux... Elle se tourna vers

Matthieu qui avait reculé de quelques pas mais ne parvenait pas à réellement s'éloigner…

- Vous pouvez m'accompagner ? J'ai peur…

Il sourit gentiment, montra ses habits sales et usés :

- Je ne pense pas qu'ils me laisseront entrer… Il ne va pas vous manger cet homme…

- Non… mais… je ne sais pas quoi lui dire… et puis…

- Et puis quoi ?

Prise d'une idée soudaine, elle lui demanda :

- Vous dormez où vous ? ? ?

- Moi ? A l'hôtel de la cloche !

Il rit. Elle ne saisit pas pourquoi il l'avait accompagnée dans cet hôtel si lui logeait dans un autre… et pourquoi…

Il avait suivi son cheminement de pensées.

- Non, ma petite, pas question pour vous de venir dans mon hôtel… de toute façon ce n'est pas un hôtel mais une expression…

- Vous habitez dans une expression ?

Elle ne comprenait plus rien… Mais elle savait, elle sentait qu'elle devait rester avec lui. Il était là, elle ne voulait pas qu'il s'éloigne, qu'il la laisse seule.

- Je vous en prie, aidez-moi…

Il semblait perplexe… Il fouilla dans sa poche et en sortit quelques pièces de monnaies…

- Je n'ai pas grand-chose à vous offrir, mais au moins un hamburger ! Cela vous permettra de réfléchir un peu, ensuite on reviendra ici…

Heureuse, la jeune fille prit un billet dans sa poche et le posa dans la main de Matthieu. Il était tenté de refuser mais il savait qu'il n'avait pas les moyens de réellement le faire s'il voulait qu'elle mange à sa faim.

- Je ne sais pas ce que c'est, un hamburger, mais on y va ! Ensuite, on ira à votre hôtel qui est, selon vous, « une expression ».

Elle lui sourit, tellement soulagée, qu'il n'osa pas lui dire qu'il devrait la ramener à l'Hôtel de la Gare, qu'elle ne pourrait l'accompagner… que… Il secoua la tête d'un geste d'impuissance et reprit le sac de voyage.

Il faisait nuit, mais pas réellement, tant la rue était éclairée… Wihéa en fit la constatation en remarquant de ne pas voir les étoiles… Elle avait découvert le hamburger, tellement différent de ce qu'elle connaissait en montagne. Elle l'avait mangé de bon appétit et maintenant, elle suivait Matthieu et son chien jusqu'au bord de l'Isère. Elle avait eu du mal mais avait réussi à le convaincre de ne pas la quitter pour cette première nuit en ville… L'un derrière l'autre, ils descendirent sur une voie sur berge et arrivèrent sous un pont. Elle distingua dans l'obscurité un tas de couvertures, de cartons, un chariot en fer (un caddie, comme elle l'apprendrait par la suite) rempli de tas de choses… Soudain, les couvertures bougèrent… Wihéa poussa un petit cri de surprise : un homme sortit la tête, il était bizarre, sale mais avec un air que la jeune fille ne parvint pas à définir…

- Ah ! Matthieu ? Mais ça, c'est quoi ?

- Ça, comme tu dis, c'est mon amie, elle va dormir là !

L'homme tentait de s'asseoir et les regardait d'un air ahuri ! Wihéa se rapprocha de son nouvel ami, par sécurité…

- Mais t'es cinglé ! C'te fille n'a rien à foutre là !

- Chut, je t'expliquerai demain !

Matthieu ne fit pas attention à la réponse indéchiffrable de l'homme et prit la main de Wihéa :

- Tu vois, l'hôtel de la cloche, c'est cela ! Nous sommes S.D.F. ce qui veut dire, sans domicile fixe. Nous dormons ici, dans ces cartons. Maintenant, si tu veux, je te reconduis à l'hôtel !

Wihéa regarda les cartons, puis l'Isère qui passait tout près.

- J'aime le bruit de la rivière, je me sens bien ici… Je ne veux pas vous quitter, je peux m'installer où ?

Emu par tant de sincérité, Matthieu haussa les épaules.

- Bon, puisque tu sembles ne vouloir en faire qu'à ta tête, le mieux est que tu restes près de moi, ici, on ne sait jamais qui peut arriver dans la nuit… Il lui montra une sorte de matelas fait de mousse et d'une couverture trouée. Mets-toi ici, je vais te donner une autre couverture.

Elle se coucha tout habillée sur le matelas indiqué… Pendant ce temps, son ami accrocha la laisse de son chien après la poignée du sac…

- Dans ce monde, un sac de voyage de ce genre peut attirer bien des convoitises, expliqua-t-il.

Elle le sentit s'étendre près d'elle, prenant soin de ne pas la toucher. Déjà dans un demi-sommeil, Wihéa se serra contre lui, posant sa tête sur son épaule, comme elle le faisait avec Mamilla, les nuits où elle faisait son cauchemar. Emu par ce besoin de sécurité mêlé à tant de naïveté, il entoura son épaule d'un bras protecteur.

UN REVE ETRANGE

Serge se dressa brusquement dans son lit, un coup d'œil à son réveil lui indiqua qu'il n'était que cinq heures du matin. A tâtons, il chercha l'interrupteur et alluma. Il observa sa chambre. C'était une pièce spacieuse, aux meubles cossus, en merisier. Il ferma les yeux, secoua la tête : il aurait juré qu'elle était là et lui parlait !

- Décidément, cela fait au moins dix fois que je fais ce même cauchemar… Céliana m'appelle de son chalet de montagne…

Il soupira longuement… songeur…

- Cela fait si longtemps, elle doit être morte maintenant. Oh, et puis je peux bien laisser l'usine pour un jour ou deux et monter au village voir ce qu'il en est. Elle est bien capable de m'appeler dans mes rêves, je sais à quel point elle maîtrise le surnaturel… Chère sorcière…

Il sortit de son lit.

- De toute façon, je ne pourrai plus dormir. Et en partant maintenant, j'arriverai dans la matinée.

Il se dirigea dans la salle de bain. Pensif, il souriait en se rasant :

- Elle ne risque pas de me reconnaître, cela fait au moins 60 ans… oui, 60 ans… j'en avais 18… c'était en 44… y retourner maintenant… c'est de la folie… mais tant pis, je sens que je dois faire ce pèlerinage.

Alors qu'il traversait le vestibule pour sortir, sa belle-fille sortit du petit salon.

- Tiens, Monique ? Vous êtes déjà levée ? Voilà qui me surprend ! Depuis 30 ans que vous vivez ici, je ne vous ai jamais vue si matinale.

- En fait, cher beau-papa, je ne me suis pas encore couchée…

Elle haussa les épaules d'un air dédaigneux et fier.

- J'y vais et vous demanderai de ne pas faire de bruit, vous savez à quel point j'ai le sommeil léger la journée.

Serge eut un geste apaisant de la main.

- Ne vous inquiétez pas, je pars quelques jours. Merci d'en avertir mon fils.

Monique, qui se dirigeait vers les escaliers, se retourna brutalement.

- Et où allez-vous ?

- En vacances !

- En vacances… c'est la meilleure ! Vous n'y êtes… jamais allé ! Vous savez… bien… que Daniel… est débordé actuellement à l'usine.

Elle avait le souffle court des gens ivres, mais elle trouva l'énergie pour reprendre, d'un ton plus autoritaire :

- Eh ! C'est votre usine, vous pourriez lui donner un coup de main au lieu de partir…

- Eh ! C'est votre mari, vous pourriez lui donner un coup de main au lieu de dormir…

Avec une terrible envie de rire, Serge ouvrit la porte, saisit son sac de voyage et sortit. Mais la porte n'était pas encore refermée qu'il entendit :

- Vivement que tu crèves, vieille peau, que l'on soit tranquille avec ton fric.

Quelle violence dans ces mots ! Ils lui firent mal. Il ne s'habituerait jamais à ce côté profiteur, matérialiste de celle qui avait épousé son fils. En conduisant, il se demandait encore ce que Daniel pouvait bien trouver à cette femme froide et si pimbêche…

Leur couple battait d'ailleurs de l'aile et il sourit en pensant à l'autre soir… Il avait eu besoin d'une photocopie… Comme sa secrétaire était partie, il était allé la faire lui-même mais… en entrant dans la pièce, il avait découvert son fils embrassant avec passion une jeune femme… Il sourit encore à l'air terriblement gêné de Daniel… Gêné un moment, puis très surpris du sourire compréhensif de son père alors qu'il s'attendait à un esclandre… Il fallait dire que son père ne le ménageait pas… Mais Daniel avait droit au bonheur aussi… Il ne fallait pas que cela passe avant l'usine, et cela, c'était une autre question… Serge était obligé de gérer encore bien trop de choses à l'usine, il ne pouvait pas encore lui faire confiance… Le pourrait-il un jour ? Que se passerait-il lorsqu'il ne serait plus là ?

La route défilait devant lui… Il n'y avait pas trop de circulation dans ce sens… Au contraire, les voitures descendaient vers Grenoble, le croisant… Les gens allaient travailler et lui, il avait le sentiment heureux de s'échapper…

Il s'arrêta boire un café et manger un croissant à la Mure. Puis, une fois reparti, il se laissa aller à ses pensées… Toujours les mêmes… L'usine, les employés, les sous-traitants, son fils et sa nouvelle petite-amie…

Mais qui était donc cette jeune femme ? Elle devait travailler à l'usine… Oh, mais cela devait être Mélanie… Mélanie Courbert, la fille de Jo… Jo lui avait demandé de l'embaucher, au moins le temps de l'arrêt maternité de Claudia, la comptable… Tiens, elles pourraient maintenant être deux en compta… En rentrant, il proposerait à Daniel de l'embaucher en CDI…

Souriant encore de la trahison qu'il faisait à sa belle-fille, il réagit soudain qu'il devait peut-être être un peu attentif… Il allait bientôt devoir bifurquer dans Saint-Bonnet.

En sortant de ce bourg, il se gara sur un terrain vague en bordure de route afin de consulter sa carte. Avant de repartir, son regard fut attiré par une maison presque en ruines… Des souvenirs remontèrent à sa mémoire… C'était à cet endroit, sur ce terre-plein, que le camion l'avait déposé en janvier 44… Il fuyait les Allemands… Il était parti à pied…

Il se remémora sa peur, sa terreur même quelques semaines auparavant, lorsqu'il avait vu son père et son frère assassinés, fusillés devant la maison… Il avait dix-sept ans et s'était dissimulé, non sans mal, dans une trappe secrète, là où il se cachait de son frère alors qu'ils jouaient, enfants… Il tenta de se souvenir de son enfance, mais en vain… Elle s'était terminée dans ce petit refuge depuis lequel il voyait la place du village… la voiture noire… son père, son frère… les hommes qui fouillaient la maison, emmenaient sa mère.

Dès qu'il avait pu sortir, il n'eut qu'un but, rejoindre le maquis dont un ami lui avait parlé… Il devait rejoindre un groupe de résistants, dans le Champsaur, lorsque le camion l'avait déposé à cet endroit…

Il respira profondément. Il devait revenir au temps présent… Il remit le contact et lentement, s'éloigna sur cette route qu'il avait suivie dans le passé… Mais tout avait changé et il se sentit soulagé. Au bout de quelques kilomètres et de nombreux virages, il arriva à Prapic… Il avait dépassé de nombreuses maisons neuves avant Orcières, de magnifiques chalets de bois aussi, mais à Prapic… Tout semblait figé dans le temps, la mairie, l'école, les maisons, le cimetière, en contrebas… seule une maison neuve avait "poussée" à côté de l'église. Il s'était attendu à plus de changement…

Il avait du mal à retrouver le chemin qui menait au chalet. Il faut dire que lorsqu'il avait échoué chez Céliana, il se cachait. Blessé et recherché par les Allemands, il ne descendait pas au village. Serge l'avait à peine vu en arrivant car il faisait nuit noire… Il le découvrit seulement en partant, mais cette fugace vision était resté gravée dans sa mémoire.

Comme il était déjà plus de midi, il décida de manger au village. Il s'installa en terrasse de l'auberge Prapicoise. La jeune femme qui vint le servir avait l'accent de la région et cela le fit sourire. La saison était terminée, les touristes étaient rares… Il était seul, attablé, à attendre son repas, Tout près de lui, une des marmottes apprivoisées fourrageait bruyamment dans son terrier. Elle allait hiberner alors qu'il sortait, lui, de tant d'années de sommeil…

Il demanda à la jeune femme où se trouvait le chalet de Céliana et comment faire pour s'y rendre. Elle lui indiqua un chemin, de la main.

- Oh, il vous faudra monter, par-là, en direction du lac des Estaris, vous demanderez au vieil homme à la dernière ferme, en sortant du village. C'est mon beau-père, je vais lui téléphoner, il pourra vous accompagner.

Serge était heureux, il se sentait si bien… Il repensa à Céliana… à sa beauté… à sa douceur… dans les senteurs du village… Les Estaris, comme ce nom faisait plaisir à entendre… Il revoyait le chalet, les arbres… Il retrouvait les plantes qu'elle ramassait et faisait sécher. Souriant malgré lui, il se souvint d'une promenade qu'il avait faite avec Céliana, à la recherche de racines dont il avait évidemment oublié le nom… A ses yeux revenait la vision encore si claire de cette jolie poitrine qui l'avait fasciné alors que Céliana se penchait pour creuser le sol… Elle devait lui expliquer ce qu'elle cherchait, mais lui n'avait plus d'yeux que pour cette gorge… Et là, assis à cette terrasse, ses yeux brillaient en se souvenant de la réaction de la jeune femme :

- Je crois que tu as certaines choses de la vie à découvrir… autres que les fleurs et les racines…

Sans qu'il ait eu le temps de réagir, elle l'avait entraîné vers le lac, le tenant par la main, riant… Instants de bonheur mêlé de crainte, d'émerveillement devant le corps nu qu'elle lui présentait, enlevant sa robe fleurie… Son cœur se mit à battre plus fort en se souvenant ces moments qu'il avait l'impression de revivre… Il ferma les yeux et se retrouva, soixante années en arrière, près de sa première maîtresse. Toujours en riant, elle l'avait déshabillé doucement… Il n'osait bouger, elle l'avait caressé. Comme il se souvenait bien de ses mains sur sa nuque, son dos, ses fesses, ses cuisses… Toujours lentement, elle était remontée, s'attardant sur l'intérieur de ses cuisses… Il bandait, mon Dieu, comme il bandait…

Un frisson lui parcourut le dos…

- Vous avez froid, monsieur ?

La voix de la serveuse le ramena brutalement sur terre… Elle venait de lui apporter son assiette.

- Hé bien… non. Enfin… je ne crois pas.

Serge se sentait brûlant, il devait être rouge comme une pivoine… Le regard de la jeune femme était inquiet :

- Vous êtes sûr ? Vous allez bien ?

Il respira profondément :

- Oui, oui, ça va ! Cela doit être l'altitude !

- C'est sans doute ça. Il faut vous ménager à cette altitude… Après le repas, souhaitez-vous vous reposer un peu ? Nous avons des chambres.

- Non, merci, je voudrais monter au chalet. Par contre, je veux bien réserver pour ce soir, je resterai pour la nuit. Vous mettrez mon repas sur ma note d'hôtel.

Il pensa au même instant qu'il dormirait peut-être au chalet, avec Céliana, puis il sourit de cette idée saugrenue et commença à manger.

Pas un instant il ne se douta qu'il n'était pas prêt de revoir le chalet… et encore moins Céliana…

VERONIQUE

Au bord de l'Isère, les deux hommes s'étaient éloignés des cartons dans lesquels ils passaient leurs nuits et ils discutaient à voix basse.

- Mais pourquoi t'as ramené c'te bonne femme ici ? En plus, c'est qu'une gamine !

- Je sais, elle a eu 18 ans il y a un mois !

- Mais bon Dieu de bon Dieu ! elle a rien à foutre ici !

- Ecoute Maurice, ne t'énerve pas, elle n'a rien fait de mal et ce soir elle sera partie !

- Tu causes, tu causes, elle va s'accrocher et nous emmerder !

- Elle était seule, elle ne connaît personne ici !

- Rien à branler !

- De toute façon, j'ai fait un drôle de rêve cette nuit, et je sais où je dois l'emmener.

- T'as fait quoi ? J'en r'viens pas ! Tu rêves… tu d'viens fou, oui ! Des fois, tu débloques à fond, mec !

Matthieu posa la main sur l'épaule de son compagnon en souriant.

- Chut, ne la réveille pas, regarde si elle est jolie, on dirait un ange…

- Pff… dans ses fringues, hier, j'm'ai plutôt fait l'idée d'une sorcière !

Matthieu sourit à son ami et attrapa un papier, sortit un crayon de sa poche et écrivit quelques mots.

- Qu'est-ce tu fais ?

- Je note l'adresse de mon rêve !

- Ah…

Maurice s'éloigna et alla uriner loin d'eux. Avec un sourire, Matthieu constata que pour une fois, ce vieil SDF se cachait au mieux… Amusant comme une présence féminine pouvait changer les hommes…

Il repensa à son rêve en regardant ce qu'il avait noté : un nom, madame Frey et une adresse. "Accompagnez ma petite-fille vers cette personne, s'il vous plait monsieur Bernani". Cette vieille dame connaissait son nom… Cela faisait plusieurs années que personne ne l'appelait plus ainsi… Cette femme était étrange et sa voix était si présente qu'il avait eu l'impression qu'elle lui avait parlé dans l'oreille, tout près, cela l'avait même réveillé.

Wihéa émergeait lentement du sommeil, elle entendait couler de l'eau… le ruisseau près du chalet ? Non, cela ne faisait pas le même bruit… Elle ouvrit lentement les yeux et regarda autour d'elle, comprit que le bruit venait de l'Isère toute proche. Apercevant Matthieu, elle se souvint de son voyage, la ville, le hamburger… Celui-ci s'approcha souriant :

- Bien dormi ?

- Oh oui ! J'ai bien dormi avec vous et encore merci pour hier soir !

L'homme, ému, sourit. "Elle est adorable, cette enfant ! "

Elle poursuivit :

- J'ai même rêvé que ma grand-mère me disait de vous faire confiance, mais cela, je le savais déjà.

- C'est étrange, j'ai rêvé d'une mamie moi aussi. Peut-être votre grand-mère... C'était une femme âgée, avec des longs cheveux tout blancs et des yeux... très...

- Bleus !

- Oui, bleus, mais comme les vôtres... tellement limpides que...

- Joël me disait toujours que mes yeux étaient transparents...

- Oui, c'est cela... transparents... mais qui est Joël ? Votre petit ami ?

- Non... c'est mon ami d'enfance, là-haut, au village. Et qu'est-ce que vous a dit ma grand-mère dans votre rêve ?

- Elle m'a donné un nom et une adresse, tenez, regardez ! Je les ai notés.

Elle regarda le papier, mais ces coordonnées ne lui rappelaient rien...

- Je ne connais pas !

- Ce n'est pas le nom de la sœur du banquier dont vous m'avez parlé hier ?

- Non, ce n'est pas cela du tout.

- Bon, alors, que voulez-vous faire ? Aller à cette adresse ?

- Bien sûr, puisque Mamilla vous l'a dit !

- Mais ce n'est qu'un rêve, cela n'a pas de réalité… Peut-être que cette personne n'existe pas ! Et puis, les rêves prémonitoires, c'est déjà une belle conn… euh ! bêtise… alors un rêve où une morte viendrait parler aux vivants, c'est de la foutaise.

Surprise, elle le regarda intensément et il se sentit rougir…

- Alors, vous ne croyez pas aux rêves ?

- Eh bien, non… les rêves, c'est un phénomène du subconscient, sur nos désirs secrets, par exemple… pas un truc magique comme cela !

- Vous ne croyez pas que l'âme de Mamilla est venue vous parler cette nuit ?

- Bien sûr que non… Vous m'avez parlé de votre grand-mère morte… et j'ai imaginé un truc en dormant…

- Mais vous l'avez vue, vous me l'avez décrite.

- Oh, c'est vague, non ? Toutes les vieilles dames se ressemblent. J'ai rajouté " Peut-être votre grand-mère…" Pour plaisanter gentiment.

Wihéa ne savait que dire… Elle n'avait pas envie de tenter de le convaincre…

- On peut vérifier si ce nom et cette adresse existent, n'est-ce pas ?

- Oh oui, je suppose !

- Alors, n'en parlons pas plus et allons voir.

Matthieu était perplexe… Il ne savait pas grand-chose d'elle, sinon qu'elle était descendue d'un village de montagne pour chercher la vérité… La vérité sur quoi, elle ne le lui avait pas dit, pas encore… Il avait senti que c'était important pour elle, mais il attendait qu'elle se confie, si elle le souhaitait. Depuis des mois, des années, il n'avait pas parlé de son passé et il comprenait donc fort bien qu'elle préfère ne pas lui confier ses secrets… Ils avaient discuté de choses et d'autres, de sujets très superficiels, finalement… Elle ne lui avait posé aucune question sur lui et pourtant, il avait l'impression qu'elle savait tout…

Néanmoins, ce matin, il se sentait troublé par son rêve, par les mots presque palpables de la grand-mère… Il avait le sentiment d'être en limite d'un monde inconnu. Si ce rêve était réel, il allait devoir revoir toutes ses idées sur le paranormal… Est-ce que les sorcières existaient encore ? Cela ferait un bel article !

Il secoua la tête et se leva rapidement. Voilà des mois qu'il n'avait plus pensé aux articles, à son ancien métier.

Wihéa lui demanda gentiment, remettant sa robe en place :

- Cela vous fait quoi de repenser à votre ancien métier ?

Cette fois, la remarque l'effraya un peu. Si maintenant elle se mettait à entendre ses pensées… Cela n'existait pas ce genre d'âneries… Il avait dû penser tout haut.

- N'ayez pas peur, Matthieu, je voulais juste…

- Vous vouliez quoi ? Il haussa la voix… Soudain, tout cela lui faisait peur… Mais qui êtes-vous donc, il se rendit compte qu'il avait repris le vouvoiement, et continua. Qui es-tu pour deviner mes pensées, pour intervenir dans ma vie ? pour m'emmerder alors que….

- Eh ben les jeunes, en v'là une scène !

Son ami était devant eux et les observait avec curiosité et un certain amusement.

Matthieu était en colère tandis que Wihéa avait les yeux pleins de larmes.

- B'jour mam'selle !

- Bonjour monsieur.

- Monsieur ?… Il imita sa voix… Allons ma belle, moi, c'est Maurice, pas meeuuusieuuu… Tenez, pour vous !

Maurice, sous l'œil ébahi de son compagnon, lui tendit un sachet avec un croissant tout chaud. Affamée, elle le prit avec un large sourire mais avant de mordre dedans, elle s'avança d'un pas vers le vieil homme et déposa un baiser sonore sur sa joue rappeuse. Il rougit, tapa sur l'épaule de Matthieu et annonça qu'il allait faire un tour.

Wihéa mangea en fixant l'Isère à ses pieds. Elle était songeuse. Pourquoi Matthieu lui avait-il parlé si brutalement ? Pourquoi avait-il peur des rêves, des âmes ? Elle se souvint que Mamilla lui avait dit que "cela" faisait peur à tellement de monde qu'il valait mieux éviter d'en parler…

D'ailleurs, lorsque, petite fille, elle allait à l'école, le seul avec qui Wihéa pouvait en parler était Joël… C'était leur secret, il l'appelait "sa petite sorcière"… Il l'avait vu soigner des animaux, ils avaient communiqué par télépathie pour s'amuser ou parce que parfois, c'était plus pratique… Elle se souvint, une fois, ils l'avaient fait pour ne pas effrayer une marmotte… Penser à son ami lui serra le cœur, aussi, elle revint au présent, et à Matthieu… Elle avait cru pouvoir lui parler librement puisqu'ils avaient abordé le sujet du rêve le premier… Mais elle lui avait fait peur…

Elle le regarda, il était penché sur Reporter, le caressant sans mot dire. Sans se retourner, il proposa :

- Allez, va te laver un peu, il est encore tôt, il n'y aura personne dans le parc. Mais… ne te déshabille pas trop quand même.

L'eau lui fit du bien. Elle marchait maintenant près de Matthieu et de Reporter. Il consulta sur un abribus, un plan afin de trouver la rue indiquée dans le rêve et ils y parvinrent rapidement.

A la porte, il n'y avait pas le nom de Frey, seulement « centre social ». Matthieu était soulagé mais hésitait encore à entrer. Wihéa le poussa à l'accompagner un peu plus…

- Juste pour savoir si cette dame existe bien ici…

L'anxiété de Matthieu devint franchement perplexité lorsque la secrétaire leur dit :

- Je vais voir si Mme Frey peut vous recevoir.

Wihéa lui sourit. Elle sentait son malaise et aurait aimé le rassurer, mais il ne lui en laissa pas le temps :

- Ma place n'est pas ici, je rentre, vous savez où me trouver si besoin.

Il sortit alors que la secrétaire revenait dans le hall :

- Vous avec de la chance, son rendez-vous vient de se décommander, elle va vous recevoir, suivez-moi !

Wihéa leva les yeux au ciel "Mamilla, c'est encore toi qui as fait cela" souriant intérieurement à sa grand-mère dont elle sentait la présence.

Dans une petite pièce un peu sombre, une femme d'une cinquantaine d'années lui proposa, d'un geste, un siège en face d'elle. Le bureau était encombré de dossiers, de courriers. Un ordinateur était allumé et une image défilait lentement.

- Bien mademoiselle, que puis-je faire pour vous ?

- Eh bien, en fait, je n'en sais absolument rien. Je viens d'arriver à Grenoble et je cherche un logement … parce que l'hôtel…

- Et un travail je suppose !

- Ben… peut-être pas tout de suite…

- Vous avez de l'argent pour payer le logement ?

- Oui, le banquier de mon village m'a dit que je pouvais montrer cela pour me loger.

Elle sortit de son sac un relevé bancaire et le lui tendit. Celle-ci eut un air surpris :

- Cela fait beaucoup… Je n'ai pas l'habitude d'avoir à m'occuper de personnes dans votre cas… Pour le logement… Vous auriez tout intérêt à acheter !

- Mais si j'achète, je devrai rester ici…

- Vous ne pensez pas rester ?

- Je dois rechercher quelqu'un, mais ensuite, je rentrerai chez moi… Ici, à la ville, je ne me sens pas trop bien.

- Qui voulez-vous chercher ? Un parent ?

- Pas exactement.

Elle regarda cette femme… Pouvait-elle lui confier son terrible secret, origine de son cauchemar ? Elle hésitait… Le téléphone sonna soudain.

- Oui ma chérie… Non, ce n'est pas possible, tu le sais bien… Je comprends que tu sois mal, mais… Réagis, bon sang !

Ennuyée d'avoir haussé la voix, elle fit un sourire d'excuse à la jeune femme devant elle, puis baissa la tête…

- Ecoute ma chérie, je suis occupée… oui, je comprends… Oui, pour midi. Ok, à tout à l'heure !

Mme Frey avait reposé le combiné et le regardait fixement. Elle ressentait une tristesse mêlée d'une impuissance totale… Comment pourrait-elle aider sa fille ? Elle se reprit rapidement et revint à Wihéa :

- Bien, donc pour le logement, c'est le plus urgent, semble-t-il. Vous pouvez loger à l'hôtel si vous ne pensez pas rester longtemps, vous en avez les moyens !

- Oh non, je n'aime pas l'hôtel !

- Alors, on va voir pour une location… Je vais appeler une amie qui travaille dans une agence, ne bougez pas !

Wihéa n'allait pas bouger, bien sûr… Cela lui fit du bien d'avoir une personne qui s'occupait d'elle ainsi, comme Mamilla le faisait … Puisque sa grand-mère l'avait guidée, par rêves interposés vers elle, elle savait qu'elle pouvait lui faire confiance. Sa conversation ne semblait pourtant pas positive, d'ailleurs, elle annonça en raccrochant :

- En ce moment, ils n'ont rien à louer. Je vais appeler d'autres agences mais mon amie m'a avertie que le marché était saturé…

Wihéa ne comprenait pas trop ce que cela signifiait mais sentait bien qu'il y avait une difficulté. En pensée, elle s'adressa à sa grand-mère : "J*'ai besoin de ton aide, Mamilla.*"

- Désolée, il n'y a vraiment plus de location actuellement et pour ce qui est d'acheter, avec les papiers à faire etc. De toute évidence cela prendrait trop de temps…

- Il doit y avoir un moyen…

- J'ai fait le tour il me semble… logements étudiants, et autres… Plus rien ! C'est dingue !

La secrétaire vint lui annoncer que son rendez-vous suivant était arrivé… Mme Frey demanda à Wihéa de patienter dans la salle d'attente :

- Il sera midi, voulez-vous manger avec ma fille et moi ? Ensuite, nous reprendrons nos recherches.

Wihéa se rendit dans la salle d'attente et observa avec intérêt les nombreuses affiches sur les murs : femmes battues, enfants maltraités, femmes enceintes, IVG, c'est quoi cela ? Interruption volontaire de grossesse… En se retournant, elle parcourut la salle du regard. Elle était assez grande et au moins quinze sièges en plastique beige étaient alignés, tous attachés les uns aux autres.

Soudain, elle sentit une présence sur sa droite et regarda, il n'y avait personne… Pourtant, en scrutant bien, il lui sembla apercevoir une lueur fugitive. Elle reconnut la vision évanescente d'un fantôme, d'une âme… Elle s'assit, respira profondément et fit le vide dans ses pensées. Alors, elle vit une jeune femme en chemise de nuit tachée de sang…

- Aidez-moi, mon ami va me tuer, il tuera aussi mon bébé… Prévenez Mme Frey, je vous en supplie…

- Qui êtes-vous ?

- Vé…roni…que …Aldori… Sa voix était entrecoupée de pleurs… Il va rentrer… Et va nous tuer… Aidez-nous !

- Je vais m'en occuper, je vous le promets.

La porte s'ouvrit et la secrétaire passa la tête, vaguement inquiète :

- Vous êtes seule ? J'étais à la photocopieuse, il me semblait avoir entendu des voix.

Wihéa profita de son incertitude :

- Une femme est passée, Mme Aldori. Il faut y aller tout de suite, elle a peur que son mari les tue, elle et son bébé…

- Oh mon Dieu… Elle aurait dû m'attendre !

- Elle avait trop peur pour son bébé. Il faut y aller !

- Bien sûr, mon enfant, nous allons envoyer quelqu'un.

Elle ressortit téléphoner… Wihéa n'écoutait plus la conversation mais tentait de « revoir » Véronique… En vain, elle ne parvenait plus à se connecter à son âme, et supposa qu'elle était retournée vers son bébé. Elle essaya de ne plus y penser, espérant de tout cœur que la police interviendrait à temps.

Wihéa ressentait beaucoup de malheurs, de désespoir dans cette pièce… La vie semblait terrible pour certaines personnes… Mentalement, elle s'enveloppa d'un manteau blanc imaginaire afin de ne pas se laisser imprégner de toutes ces ondes négatives.

Mme Frey sortit et vint la chercher.

- Avant de manger, je dois aller voir la personne que vous avez vue tout à l'heure, si vous voulez, vous m'attendrez dans la voiture avec ma fille et nous mangerons ensuite.

Durant le trajet, tandis que Mme Frey discutait avec sa fille, Wihéa ne pensait qu'à cette Véronique, à son bébé… Elle constata avec effroi qu'une ambulance était devant la porte, son feu bleu clignotant silencieusement. Elle aurait aimé envoyer son esprit voir Véronique et son bébé dans l'appartement, mais la jeune femme devant elle se retourna et lui adressa la parole, la ramenant à la réalité, ou, disons, à une certaine réalité…

- Donc, comme ça, vous arrivez de Prapic. Je suis allée une fois, à Orcières Merlette pour faire du ski, c'était très beau. En revanche, je ne m'imagine pas y vivre, c'est un peu perdu comme trou. Moi, si je n'ai pas les boîtes, les boutiques, la foule, je suis mal… mais mal…

Elle soupira bruyamment et ajouta :

- De toute façon, en ce moment, même ici je suis mal… Elle regarda partir l'ambulance, puis revint à Wihéa… Je crois que certaines personnes ont encore plus de raisons de se plaindre que moi… Moi, c'est juste que... j'ai trouvé mon compagnon dans les bras… et non, même pas d'une autre fille… cela encore… je le comprendrais… mais dans les bras d'un mec…. Enfin, dans les bras… couché dessous en train de se faire…. Enfin vous imaginez ! Et il y prenait goût, le salaud !

Sa voix était devenue aiguë, à la limite de l'hystérie. Soudain, elle rit :

- Eh bien, je vois que cela vous surprend… vous en faites une tête !

Wihéa ne pouvait lui répondre… Ses mots lui résonnaient aux oreilles mais elle ne pouvait leur donner un sens réel… " en train de se faire quoi ? "… avec un autre homme… Et bien non, elle ne voyait pas… Un homme avec un homme… Elle en resta bouche bée et faisait sans doute, effectivement une drôle de tête… Elle se remémora toutes les fois où, au village, elle avait entendu des histoires censées faire rire, mais dont elle n'avait pas compris le sens. Mme Frey revint à la voiture, donna des nouvelles.

- Véronique est dans le coma, et le bébé a aussi des traces de coups… Ils sont tous les deux partis à l'hôpital. Nous allons manger et j'irai ensuite les voir. Si vous voulez, vous pourrez m'accompagner.

Wihéa fut ravie de la proposition, mais Céline la déclina :

- J'ai du boulot et cela m'occupe bien l'esprit… En plus tu sais maman, les hôpitaux et moi…

- Je sais ma grande ! Bon, il est déjà treize heures… je commence à avoir vraiment faim.

Pendant le repas, Mme Frey aborda le sujet du logement que Wihéa devait impérativement trouver… Céline intervint :

- Elle n'a qu'à venir vivre dans mon appartement… Maintenant que j'ai mis Simon dehors, il y a de la place… et puis… ajouta-t-elle en s'adressant à Wihéa, si vous pouvez payer la moitié du loyer, j'avoue que cela m'arrangerait bien…

Les trois femmes se regardèrent, soulagées chacune à leur façon, d'un tel arrangement… Mme Frey n'aimait pas sentir sa fille seule chez elle… et Wihéa sentait que cette solution amenée sur un plateau ne pouvait être anodine. Rien n'arrivait par hasard… Si ce matin, elles n'avaient rien trouvé, c'était juste pour arriver à cela… Pour elle, tout était simple, écrit par avance ou " décidé " depuis là-haut.

Après le repas, tandis que les deux femmes se rendaient à l'hôpital, Mme Frey fit part à Wihéa de son interrogation :

- Je n'arrive pas à comprendre : personne n'a vu sortir Véronique de chez elle… et comment, dans l'état où elle était ce matin, a-t-elle pu venir au centre vous avertir ? Pourquoi n'a-t-elle pas simplement téléphoné au Samu ou prévenu une voisine au lieu de faire tout ce chemin ?

Wihéa haussa les épaules, comme si elle ne comprenait pas non plus… Elle ne voyait pas comment expliquer ce qu'elle avait vécu le matin même… La peur et le rejet manifeste de Matthieu étaient encore trop vifs pour qu'elle courre le risque de choquer cette femme.

LA SURPRISE

En voiture, Serge sortit de Prapic. Il grimpa jusqu'à la maison indiquée par l'aubergiste. La ferme était d'un autre âge… Des poules s'écartèrent en caquetant devant la voiture qu'il gara sur le côté. La porte à deux battants n'était ouverte que sur le dessus et des voix sortaient de la pièce. Serge s'avança. Un vieil homme sortit, attiré par le raffut que faisaient les volailles.

- Bonjour, ma belle-fille m'a prévenu de votre visite. Vous voulez savoir le chemin du chalet des sorcières, n'est-ce pas ?

- Eh bien, si on appelle Céliana et sa mère, des sorcières, oui…

L'homme rit, laissant entrevoir sa bouche édentée…

- Bien, suivez-moi nous allons y aller de suite pour que je sois revenu pour les bêtes, je dois les traire à l'heure, vous comprenez !

Il prit un long bâton et partit sur le chemin. Serge lui emboîta le pas. L'homme avait envie de discuter, ce qui n'était pas fréquent chez lui, comme chez tous les montagnards :

- Céliana et sa mère vous avez dit… C'était il y a longtemps… Mais maintenant, il n'y a plus personne au chalet. La p'tiote est partie hier. C'était dur pour elle, le décès de sa grand-mère.

- Sa grand-mère ? C'était Céliana si je calcule un peu les années.

- Oui, la vieille Céliana. La p'tiote était tout son portrait, vous auriez vu Céliana plus jeune. Une beauté sauvage. Si belle, si farouche. On était nombreux à rêver d'elle. On la guettait dans la montagne. Mais pas un d'entre nous n'a pu la toucher.

Il se tut, parti dans des pensées, les yeux brillants d'émotion...

- Elle connaissait les lieux comme sa poche, et puis...

Il hésita, regarda autour de lui et reprit doucement : Sa mère et elle étaient des sorcières. Cela nous émoustillait mais cela nous fichait la frousse aussi…

- Des sorcières …

Serge n'avait pas l'habitude de marcher et encore moins à cette altitude… Il était déjà essoufflé… Joseph se retourna vers lui et ralentit son allure, poursuivant sa conversation :

- Il y a au moins trois cents ans que la famille de Céliana était installée ici… Avant, elles, je dis "elles" car il n'y avait toujours que des femmes… Elles vivaient donc au village, à Prapic où elles ont toujours une maison, le vieux chalet près du lavoir…Elles la louent à la famille

Costebelle depuis… Attention, ne vous approchez pas trop près du bord.

Serge regarda où il marchait, il écoutait vaguement Joseph, car l'histoire de Céliana et ses ancêtres, il la connaissait. Elle lui avait parlé de l'arrivée d'un médecin et d'un prêtre qui avaient monté les villageois contre celles qu'ils traitaient de sorcières alors qu'elles ne faisaient que soigner avec des plantes… Elle lui avait raconté comment son arrière-arrière-grand-mère avait été emmenée à la ville, emprisonnée… Comment les gens leur avaient jeté des pierres pour les faire fuir. La mère de Céliana n'était qu'une enfant quand elle était venue s'installer au chalet, à l'alpage. Personne n'osait plus s'approcher d'elles…

Joseph poursuivait son monologue :

- Bien sûr, petit à petit, les villageois étaient retournés les voir, finalement plus confiants dans les plantes que dans les médicaments de la ville… On les aimait bien nos sorcières et surtout la p'tiote Wihéa… Elle avait hérité des dons de ses aïeules. Un soir, je l'ai vue avec mon chien. Il avait eu une patte cassée et boitait depuis des jours, le vétérinaire ne pouvait rien faire… La petite revenait de l'école et elle s'est approché doucement de lui… Elle regarda si personne ne la voyait… J'étais dans la remise et elle ne pouvait me voir… Elle lui a pris la patte, l'a caressée. Il fallait voir comme le chien se laissait faire alors que même moi, je ne pouvais le toucher… Elle semblait lui parler doucement. Au bout d'un moment, elle lui a tapé sur l'arrière train en se redressant… et elle est partie… Le chien ne bougeait plus… Je l'ai appelé, mais il me regardait sans bouger… J'ai de suite pensé "elle l'a ensorcelé "… J'ai même eu peur, je l'avoue… Mais ce corniaud s'est soudain levé et est venu en courant vers moi… Il ne boitait plus ! Si c'est pas de la sorcellerie !

Serge l'avait écouté sans être trop impressionné : Céliana l'avait soigné, lui aussi… Il se souvint des mots d'un autre Maquisard, entendus alors qu'il était apparemment inconscient. Il était couché sur le ventre dans l'herbe verte des alpages, "*fichu … pauvre gars… inutile… plus rien pour lui… pas le temps … filer d'ici…*" Il voulait crier qu'il vivait encore… Le sentiment d'abandon qu'il avait ressenti alors lui serra douloureusement le cœur, aujourd'hui encore… Il dût s'arrêter un moment… Joseph se retourna et le regarda inquiet…

- Asseyons-nous un moment, vous semblez en avoir besoin.

Serge une fois assis, reprit lentement son souffle… Une chose l'intriguait…

- Mais, ne disiez-vous pas… que pas un seul homme n'avait approché Céliana… Pourtant vous parlez de sa petite-fille…

Joseph rit au regard étonné de son compagnon.

- J'ai dit que pas un seul *d'entre nous* ne l'avait approchée… Mais figurez-vous que, pendant la guerre, nous étions nombreux à avoir pris le maquis et nous cacher dans la montagne… Moi, j'étais plus loin, vers l'abbaye du Boscodon, vers Embrun, bref ! … Un jour, suite à une attaque par ici, il y a eu des morts et des blessés… Le colonel avait cru récupérer tous les blessés derrière lui, mais il en avait oublié un, laissé pour mort… Céliana et sa mère l'ont donc sauvé… on ne l'a jamais vu au village… Mais un enfant les avait surpris au bord du lac des Estaris… un lac, là-haut…

Il montra du doigt la montagne.

- Au bord du lac…

Joseph éclata de rire…

- D'après le berger, Céliana et le blessé…qui semblait totalement guéri… et pour cause… Eh bien les amoureux faisaient un peu plus que se laver dans le lac…

Serge se sentit rougir… Il respirait de plus en plus difficilement…

- Mon Dieu… et vous pensez…

- Bien sûr, il lui a fait un enfant… Après quoi, salut la compagnie… Il est reparti à la ville et n'est évidemment jamais revenu voir sa fille…Car il avait une fille, Séquana, jolie comme un cœur… Malheureusement, elle est morte dans un accident de voiture avec son mari, et ils ont laissé la p'tiote Wihéa… C'est-y pas triste tout ça…

Il se tourna vers Serge et se leva d'un bond…

- Eh…. Cela ne va pas monsieur… Attention !

Il retint Serge qui s'affaissait, la main droite serrant son bras gauche.

- Oh, bon Diou de bon Diou… manquait plus que cela…

- ça va aller. Ça va passer… Serge respirait difficilement maintenant…

- Restez tranquille, je vais chercher des secours, ne bougez pas…

- Je … risque pas…

Un moment plus tard, l'ambulance redescendit de la montagne. Elle traversa Prapic sous les yeux des curieux… Joseph se tourna vers son fils qui l'avait rejoint sur le chemin :

- Curieux bonhomme, il m'a juste dit, couché sur la civière : "je n'ai jamais rien su"… il se gratta un moment la tête et ajouta…

- Je me demande si… Il aurait bien cet âge maintenant…

LES COULOIRS DE L'HOPITAL…

Wihéa suivait Mme Frey dans les couloirs de l'hôpital. Comme dans la salle d'attente du centre social, elle s'imaginait drapée de son manteau blanc. Elle devait se protéger de toutes ces ondes de douleur qu'elle ressentait en passant dans ces lieux.

Elles commencèrent par se rendre au service pédiatrie voir le bébé de Véronique, un petit garçon de six mois. Avec effarement, les deux femmes écoutèrent le médecin faire la liste de tous les maux dont souffrait ce bébé : brûlures de cigarettes, bras cassé, malnutrition, ecchymoses diverses… " Encore des parents indignes… " commença-t-il à l'attention de l'assistante sociale, mais Mme Frey lui coupa la parole :

- Sa mère est en réanimation, victime de coups et mauvais traitements, elle aussi… et même de malnutrition. Depuis la naissance, seul le père sortait de l'appartement et pensait plus à boire qu'à ramener de quoi nourrir sa femme et son fils… qu'il enfermait d'ailleurs soigneusement quand il sortait… Les voisins entendaient parfois crier mais sans jamais intervenir… Evidemment… Pas de famille sur place… Bref, la détresse totale. La police a dû fracturer la serrure pour entrer… et ils ont trouvé la femme étendue sur le sol depuis des heures sans doute… et le bébé n'avait même plus la force de pleurer…

Wihéa écoutait le cœur serré, comprimé dans sa poitrine… A travers ses larmes, elle regarda le bébé… Mme Frey lui posa la main sur l'épaule…

- Le père doit être en prison à cette heure et quand la maman et le bébé seront de nouveau sur pieds, enfin, si l'on peut dire ainsi, pour le petit, nous nous occuperons d'eux… Vous comprenez pourquoi j'ai du mal à imaginer comment elle a pu venir vous parler…

Wihéa ferma les yeux… Bien sûr, elle comprenait… Mais Mme Frey, elle, saisirait-elle les explications de Wihéa ? Elle côtoyait tellement de personnes dans la détresse, elle devait être plus que cartésienne.

Le médecin s'éloigna avec l'infirmière, les laissant près du petit lit dans lequel le bébé gémissait toujours doucement.

Silencieuse et comme absente de la réalité, Wihéa passa délicatement sa main le long du petit corps… Lentement, sans le toucher… De la tête aux pieds, puis elle revint à la tête… Lorsqu'elle repassa au niveau du ventre, le bébé tressaillit imperceptiblement. Wihéa sentit sa main chauffer en son centre, aussi elle posa délicatement trois doigts, pouce, index et majeur à un endroit précis. Elle inspira, retint sa respiration, expira… Elle avait oublié toute présence autour d'elle. Au bout de quelques minutes, elle revint à la réalité. Le bébé ne gémissait plus et sa respiration était maintenant régulière. Wihéa, quant à elle, paraissait épuisée et s'appuya sur l'assistante sociale. Cette dernière l'avait observée attentivement, sans intervenir dans ce mystérieux phénomène. Elle tira une chaise et aida la jeune fille à s'asseoir. Lorsqu'elle sentit qu'elle avait repris ses esprits, ou du moins son souffle, elle demanda :

- Et si vous m'expliquiez un peu... On aurait dit mon magnétiseur... C'est cela, vous soignez les gens ainsi ?

Wihéa acquiesça de la tête, terriblement soulagée que sa nouvelle amie lui parle de son magnétiseur.

- vous êtes surprenante...

Comme Wihéa ne répondait toujours pas, Mme Frey continua...

- Le magnétisme, je connais, je me fais soigner le dos ainsi, je m'intéresse à tout ce qui est paranormal, alors dites-moi, pour sa mère... ce matin...

Wihéa restait muette, les yeux rivés sur le bébé... Elle avait agi sans réfléchir... Elle devait maintenant s'expliquer... C'était normal.

- Vous ne pouviez pas la connaitre... j'ai besoin de comprendre ce qui se passe... Une sourde angoisse perçait dans ses mots et Wihéa la regarda.

- Connaissez-vous la télépathie ? La transmission de pensées...

- Oui, comme tout le monde !

- Eh bien, disons que ce matin, alors que je vous attendais, c'est par télépathie que la maman de ce bébé est venue me parler…

- Mais pour avoir cette précision, vous devez… vous avez un don ?

- J'ai toujours vécu avec cela… Lorsque ma grand-mère, qui m'a élevée, partait en montagne, ou moi à l'école, si on avait besoin de se dire quelque chose, comme une course à faire avant de rentrer, on le faisait comme cela… aussi avec un ami.

- Oui, mais vous les connaissiez bien… Vous aviez l'habitude… Véronique a aussi ce don ?

- Peut-être, même sans le savoir… Je crois, dans son cas, que son désir de sauver son enfant étaient si grands qu'elle a fait de la transmission de pensées par désespoir. Ma grand-mère m'a expliqué que certaines personnes en font, au moment de mourir, et un proche, même loin, sent leur présence…

- Vous pensez que Véronique s'en souviendra ?

- Je ne sais pas, ce n'est pas sûr. Mais…

- Mais ?

Wihéa fit une petite moue de réflexion.

- On verra bien… On peut aller la voir ?

- Bien sûr, allons-y !

Arrivées devant la chambre de Véronique, Mme Frey discuta avec l'infirmière. Véronique était dans le coma, elle souffrait d'un traumatisme crânien, et comme son fils, de marques de coups et de brûlures et même… d'un viol, ce qui ajoutait une détresse morale supplémentaire à sa douleur physique… Il fallait attendre. Mme Frey annonça à Wihéa qu'elle devait aller voir l'infirmière-chef pour remplir le dossier de Véronique. Wihéa lui demanda la permission de rester devant la vitre. L'assistante sociale avait compris que la jeune fille tenterait de communiquer par télépathie.

Tandis que Madame Frey s'éloignait dans le couloir, Wihéa observait avec intérêt la chambre. Elle était intriguée par tous les instruments qu'elle voyait autour d'elle, et par les bruits réguliers du monitoring et autres machines. Elle posa son front sur la vitre, regardant intensément la jeune femme hospitalisée. Un peu de concentration et elle dirigea son esprit vers celui de Véronique. Sans prononcer un mot, elle s'adressa à elle :

- Tenez bon, vous devez vivre ! Véronique, m'entendez-vous ? Revenez vers moi !

Wihéa sentit la jeune femme se débattre en elle-même. Puis, soudain, elle perçut une réponse à ses appels, faiblement.

- Mon… bébé… Sauvez mon bébé…

- Votre petit garçon va bien. Je viens de le voir, il est bien soigné, bien nourri, tout va bien aller pour lui et pour vous maintenant.

- J'ai peur…

- J'imagine, mais vous n'êtes plus seule, je suis votre amie, je m'appelle Wihéa et je reviendrai vous voir demain. Et elle sentit qu'elle se devait d'ajouter : votre mari est en prison.

Wihéa crut déceler un vague sourire sur les lèvres de la jeune femme…

L'assistante sociale revint, lui fit signe qu'elles devaient partir et Wihéa la suivit dans les couloirs. Curieuse, Mme Frey lui demanda si elle avait tenté de refaire de la transmission de pensée avec Véronique et si elle avait obtenu des résultats. La jeune fille lui fit part des inquiétudes de Véronique pour son bébé.

Alors qu'elles sortaient, un hélicoptère arriva sur la piste de l'hôpital. Wihéa s'arrêta net pour le regarder. Avec un sourire, Mme Frey attendit.

Serge était toujours inconscient. Il avait entendu, au loin, une sirène d'ambulance… Cela devait être pour lui… Il lui semblait aussi avoir volé… Etait-ce dans un hélicoptère ? Puis il avait entendu ces voix… les voix de son passé… Il était couché sur le dos dans l'herbe verte des alpages "… fichu … pauvre gars… inutile"… Il sentait qu'on lui serrait la main… Il voulait crier qu'il vivait encore… Céliana se penchait sur lui… puis disparaissait ! Il revivait ce sentiment d'abandon douloureux.

Il gardait les yeux fermés mais il était persuadé que s'il les ouvrait, il verrait le ciel bleu, les alpages… et

Céliana… Dans ces moments de semi-lucidité, il la voyait… elle courait et il allait l'attraper… Il sentait l'étoffe de sa robe lui frôler la main… Elle riait et lui aussi… Tout disparaissait…

Il revoyait son mariage, les fleurs, sa femme qui lui souriait, et tous ses amis qui soudain s'évaporaient…

Maintenant, Céliana le déshabillait… Il la regardait, gêné. Elle était nue et son corps se détachait clairement du lac vert foncé derrière elle. Les formes, tout devenait vert…

Un médecin lui mettait un bébé dans les bras… c'était un garçon… le bébé bougeait et s'échappait de ses mains…

Il était couché sur Céliana, dans l'herbe près du lac… Il la caressait… Il ressentait sa douceur… Il entendait son rire, le bruit de ses baisers… Son cœur s'emballait… les images et les sons disparaissaient…

Son fils courait devant lui, il allait traverser la route, il entendait la voiture arriver rapidement… La rue se tordait et se transformait en chemin…

Il marchait nu en direction du lac… Céliana lui parlait mais il n'écoutait pas… Il n'entendait rien…

Sa femme mangeait une pomme verte… Ils étaient heureux… Il revoyait sa maison… Elle disparaissait dans la pollution, la fumée…

Parfois, les images défilaient de plus en plus vite, il voulait les retenir… en vain… Mais il entendait cette voix du vieux Joseph qui revenait sans cesse, comme superposé aux images... " Bien sûr, il lui a fait un enfant... Après quoi, salut la compagnie... Il est reparti à la ville et n'est évidemment jamais revenu voir sa fille... Car il avait une fille, Séquana..." Il voulait crier qu'il ne savait pas... qu'il n'avait jamais su qu'il avait eu une fille, sinon, il serait revenu.

Ce matin-là, il eut l'impression d'émerger doucement, de revenir d'un long voyage... Il sentit une main serrer la sienne... Il tenta d'ouvrir les yeux... Il vit une ombre, une silhouette... Céliana... Il tenta de l'appeler... Ses lèvres bougeaient mais pas un son n'en sortait. Sa vue devint plus précise et il reconnut son fils qui le regardait intensément en parlant à une infirmière :

- Il a bougé les lèvres, il revient à lui... Il me regarde ! Papa, tu m'entends Papa ?

Mais Serge regardait au loin... il voyait la vitre de sa chambre... Elle était là, Céliana le regardait ! Il voulut lui faire un geste mais son corps ne répondit pas... Il ferma les yeux.

Alors, il la sentit tout près de lui... Céliana était là et lui parlait à l'oreille, comme dans la montagne..." Je suis là, Serge mon ami... Bat-toi, tu dois vivre ! Ta petite-fille a besoin de toi... Non, pas uniquement celle de ton fils... La nôtre aussi, l'enfant de ta fille Séquana ! Notre fille est morte depuis longtemps mais tu dois aider Wihéa. Tu dois vivre !" La vision et ces mots autoritaires le secouèrent dans tout son être… Bien sûr, il allait vivre ! Il se rendormit, serein.

L'infirmière posa la main sur l'épaule de Wihéa.

- La toilette est terminée, nous allons transférer votre amie dans une chambre normale, elle n'a plus besoin d'être aux soins intensifs. Vous pouvez entrer l'aider.

Wihéa détacha son regard du vieil homme qui dormait dans la pièce vitrée à côté de celle de Véronique. Elle éprouvait une sensation étrange mais, ne parvenant à la définir, elle partit retrouver Véronique.

Voilà trois jours qu'elle venait la voir et physiquement, la jeune femme avait fait des progrès remarquables. Même les médecins s'étonnaient devant les hématomes qui s'estompaient rapidement. Wihéa ne parlait évidemment pas de l'imposition de ses mains sur son amie… Mais Véronique ne parlait pas. Elle n'avait pas dit un mot depuis qu'elle était sortie du coma " Elle est en état de choc" avaient dit les médecins… Alors Wihéa lui faisait la conversation… Elle lui parlait beaucoup de son chalet, des montagnes, de sa grand-mère…

Et parfois, elle se taisait, s'installait près du lit et communiquait, en pensées, avec la jeune femme. L'éternelle question de Véronique était : "Mon bébé… Comment va mon bébé ?" Les pensées réconfortantes de Wihéa devaient être entendues de Véronique car elle s'endormait calmement ensuite.

Wihéa posa sur le lit quelques revues ainsi que le sac contenant les habits que Véronique portait lors de son arrivée.

- Je demanderai à Mme Frey d'aller te chercher d'autres habits pour que tu puisses un peu sortir…. Tu sais, il commence à faire beau…

Plusieurs fois par jour, Wihéa se rendait au service pédiatrie et voyait le petit Benoît. Lui aussi allait de mieux en mieux mais il restait craintif dès qu'un médecin homme s'approchait de lui… Wihéa avait réussi à convaincre le pédiatre d'installer le bébé près de sa mère. Aussi, ce jour-là, elle put lui faire la surprise et revint de sa visite en pédiatrie en poussant le berceau, accompagnée d'une puéricultrice.

Véronique ouvrit les yeux en entendant ce bruit inhabituel. Ses yeux devinrent immenses sur ses joues encore creusées.

- Benoît !

Son cri de joie fit plaisir à entendre.

Wihéa, sous l'œil avisé de l'infirmière, prit le bébé et le posa délicatement dans les bras de sa mère. Elle était en pleurs et Wihéa sentit aussi ses yeux s'emplir de larmes… Véronique n'avait d'yeux que pour son enfant, le berçait. Elle lui parla doucement… Enfin, elle reparlait… Le bébé ouvrit les yeux. La voyant, il lui sourit.

La puéricultrice, jugeant que tout se passait bien, s'éloigna après quelques recommandations :

- Je reviendrai pour les soins du bébé, je vous montrerai comment faire, surtout avec son petit bras. Il est calme la nuit, aussi, nous vous le laisserons, si vous le souhaitez…

Le regard éperdu de reconnaissance de Véronique lui donna la réponse.

Wihéa se préparait à sortir aussi.

- Bonsoir Véronique, je te laisse en bonne compagnie, bonne soirée à vous deux.

Elle se pencha pour embrasser la joue de son amie et celle du bébé.

Véronique, sans lever la tête de son fils, murmura :

- Merci, à demain !

Wihéa souriait encore en s'éloignant dans les couloirs. Le bébé avait redonné de la voix à sa maman.

Depuis qu'elle circulait dans cet hôpital, Wihéa était attirée par le service des maladies tropicales… Elle savait qu'elle devrait un jour partir au loin et s'était donc renseignée sur les démarches à effectuer. Comme elle disposait d'un peu de temps ce soir-là, elle décida d'aller faire tous les vaccins nécessaires… En général, les patients savaient pour quelle destination ils allaient partir, aussi, quand la jeune fille répondit qu'elle n'en avait encore aucune idée, cela fit sourire le personnel médical. Mais tout fut fait, elle devait maintenant compter un bon mois avant de partir, mais cela ne l'affola pas, il n'y avait pas d'urgence.

Il était maintenant dix-huit heures et elle devait retrouver Céline. Jusqu'ici, sa colocataire lui avait prêté des habits, mais elle se faisait une joie de l'emmener s'habiller.

En attendant le bus, Wihéa repensait à ces trois jours passés depuis son arrivée. La plupart du temps, elle était restée à l'hôpital auprès de Véronique et de Benoît. Elle savait que cela lui avait permis de ne pas trop penser à elle, à sa tristesse... Le soir, avec Céline, elles mangeaient devant la télévision... Encore une chose qu'elle découvrait.... La télé. Oh, elle l'avait vue au village chez Joël ou chez d'autres, mais sans vraiment s'attarder à regarder un film... Céline étant fervente téléspectatrice, elle passait ses soirées devant le petit écran. Wihéa avait regardé un soir, mais le film policier lui avait paru barbare... des femmes ensanglantées... un meurtrier que l'on ne découvrait qu'au dernier moment... Cela l'avait angoissée... Elle trouvait dommage de ne pouvoir discuter un peu plus avec sa colocataire, mais impossible de parler sérieusement quand l'esprit était attiré par les images... Céline lui avait reparlé de son ex-ami... celui qui l'avait trahie pour l'amour des hommes... Apparemment, cela se faisait à notre époque... et sans doute de tout temps si elle repensait à ses lectures sur les Grecs ou même certains rois de France... Et il faut avouer qu'elle n'était pas trop au fait non plus des amours hétéros, comme disait son amie.

Son regard fut attiré par un couple d'amoureux tendrement enlacés... un peu comme sur la photo qu'elle avait de ses parents... Un relent de nostalgie l'envahit... ses parents... elle les avait si peu connus... Elle était venue en ville pour tenter de découvrir ce qui s'était passé... Maintenant que Véronique aurait moins besoin de sa présence, elle allait devoir rechercher un peu la vérité sur cet accident... qui, pour elle, n'en était pas réellement un...

Elle fut occupée pendant trois heures en faisant des achats avec Céline. Celle-ci éprouvait un immense plaisir à la conseiller, lui faire essayer maintes et maintes robes, jupes, caleçons, pantalons, chemisiers, etc.

- Quand je repense à ces habits que tu as sortis de ton sac en arrivant à la maison... Sans parler de la robe horrible que tu portais... Regarde-toi donc maintenant ! Quant à tes cheveux, une bonne coupe leur ferait du bien...

- Je ne veux pas les couper !

- Tu serais pourtant mignonne les cheveux courts, je te promets !

- Je ne...

- Allez, ne fais pas cette tête terrorisée. Tu seras géniale, c'est sûr !

L'idée de couper ses longs cheveux noirs avait emplit Wihéa d'une crainte indescriptible... Une boule lui serra la poitrine, des larmes lui montèrent aux yeux.

Céline la regarda surprise et la rassura :

- Allons, si tu n'en as pas envie pour le moment, cela ne fait rien. Continuons un peu ces achats, mais avant, récapitulons tout ce que nous avons.

Ce soir-là, Wihéa n'essaya même pas de lire tandis que son amie regardait la télé… Elle tombait de sommeil et s'endormit de suite.

L'ACCIDENT.

La voiture roulait tranquillement sur la nationale après Corps… Séquana, une belle femme brune, riait. Elle se penchait vers son mari pour l'embrasser sur la joue.

- Nous allons enfin retrouver notre fille… Je suis heureuse…

Soudain, son sourire s'évanouit… un sentiment de peur l'envahit…

- Que se passe-t-il, ma chérie ?

Séquana prit son visage dans ses mains…

- Dis-moi, qu'est-ce que tu as ? Tu as "vu" quelque chose ?

- Oui, c'est horrible… arrête-toi… On va avoir un accident. J'ai vu…. Sa voix devint terriblement angoissée… J'ai … La voiture… Elle tombe dans… là, en bas…

- Mais enfin… Paul regardait sa jeune épouse… Ecoute, là, nous ne pouvons pas nous garer… Il lui caressa la joue… Dès que c'est possible, promis… je me…

La jeune femme pleurait maintenant…

- C'est terrible… Il faut descendre d'ici… je t'en prie… Elle devint presque hystérique sous le regard inquiet de son mari qui ne la quittait pas d'un œil et cherchait un endroit pour se garer, en vain… Il connaissait son épouse suffisamment pour savoir que si elle avait peur à ce point, il y avait un réel danger.

Soudain, ils se sentirent percutés par l'arrière, Séquana se retourna terrorisée.

- C'est eux… Ils vont nous tuer.

- Mais…

Paul se concentra pour maintenir la voiture sur la route tandis qu'un nouveau choc faisait hurler Séquana…

Soudain la voiture les dépassa. Effrayés, ils regardèrent les deux hommes qui leur firent un grand sourire avant de leur couper la route brutalement. Le regard de Séquana se figea sur l'image de ces hommes tandis que la voiture quittait la route et tombait dans le ravin dans un bruit de tôles froissées, de branches cassées…

Séquana hurlait…

Une main secouait l'épaule de Wihéa.

- Wihéa… Wihéa, réveille-toi !

Elle se débattit un instant puis finalement ouvrit les yeux, surprise…

Céline se tenait près de son lit.

- Je t'ai entendu hurler… Tu as fait un cauchemar ?

- Oh oui ! toujours le même…

- Tu fais toujours le même cauchemar ?

- Oui ! depuis le soir de la mort de mes parents… je revois tout…

- C'était un accident de voiture, Maman m'a dit… Tu y étais ?

- Non…

- Tu l'imagines, c'est cela ?

- Oh non… Je ne pourrais pas imaginer… une chose si terrible…

Wihéa se mit soudain à pleurer…

- Tu veux en parler ? Céline, sans attendre la réponse, s'assit sur le lit, et, attrapant une étole posée sur la chaise, elle l'étala sur ses épaules.

- Je ne… sais pas… si …

- Si tu as envie de raconter ton rêve ou ton cauchemar, disons plutôt… ou de parler de tes parents… c'est le…

Wihéa se calma lentement, se moucha et regarda son amie dans les yeux.

- Mes parents ont été assassinés ! J'en suis sûre !

Céline fut un peu déstabilisée autant par le regard étrange de son amie que par ses mots…

- Je… Mais qu'a dit la police ?

- Rien, ils n'ont rien dit, on n'a vu personne.

- Ça fait combien de temps maintenant ?

- Plus de 13 ans…

- Oh la la… c'est loin…

- Je sais, mais je veux découvrir ce qui s'est passé… J'ai l'image de deux hommes en tête, je pourrais les reconnaître…

- Mais tu penses que la police …

- Je m'en fiche bien de la police !

L'expression démodée fit sourire Céline

- Et tu comptes t'en occuper seule ?

- Bien sûr. Je dois savoir ce que mes parents ont fait les cinq jours qu'ils ont passés ici. Je suis sûre qu'ils ont rencontré leurs meurtriers.

- Sûre ? Comment…

- Je ne ressens pas le regard de ma mère comme un regard envers des inconnus… un effet de surprise, oui, mais je suis certaine qu'elle les connaissait… Et mon père a crié un prénom… Mais je ne comprends jamais bien distinctement ce prénom dans mon rêve…

- C'est surprenant… mais comment comptes-tu faire pour les retrouver ?

- Aller voir la famille de mon père, puisque c'était pour leur présenter Maman que Papa l'avait emmenée…

- Et pas toi ?

- Non ! Ma grand-mère s'y était opposée je crois… Je crois qu'elle avait senti ce qui allait se passer…

- Elle ne t'en a rien dit, après…

- Non, elle me faisait lui raconter mon cauchemar ou me donnait des infusions pour que je ne puisse pas rêver en dormant…

- Tu le fais souvent, ce cauchemar ?

- Au début, je me souviens que c'était tous les jours… J'étais terrorisée à l'idée de me coucher. C'est de cela que je me souviens le plus… l'idée de dormir… et revoir ça… exactement les mêmes faits…

- Cela doit être dur… j'imagine…

- Comme j'aimerais ne plus faire ce cauchemar… si tu savais…

- Je te comprends… Cela me fait penser à Maman, elle avait aussi un cauchemar qui la hantait… C'est son magnétiseur qui lui a fait disparaître…

- Son magnétiseur ?

- Oui, un bonhomme un peu bizarre… même beaucoup. Moi, j'aurais plutôt vu un psy… Cela pourrait aussi te soigner, un psychologue.

- Un spi... psy… Je n'arrive jamais à le dire… et il fait quoi, le psychologue ?

Céline rit de bon cœur…

- Un psychologue te fait parler et t'aide à ranger un peu dans ta tête… J'en vois un pour ma rupture avec l'autre abruti… je peux lui parler de toi si tu veux…

Avec un soupir de résignation, Wihéa fit un signe affirmatif de la tête… Puis elle ajouta après un long silence.

- J'aimerais plutôt voir le magnétiseur de ta mère.

- Tu n'auras qu'à passer lui demander l'adresse demain en allant en ville… enfin, demain… tout à l'heure… je crois qu'il est même trop tard pour se recoucher !

L'aube se levait et un pâle soleil filtrait à travers les volets. Wihéa sortit du lit :

- Je vais en profiter pour aller voir un ami, il faut que j'y aille très tôt.

Céline la regarda, un peu surprise.

- C'est l'homme que tu as vu le premier soir ?

Wihéa sourit et fila dans la salle de bain.

Reporter, agitant la queue, vint à la rencontre de Wihéa. Il semblait heureux de la voir et l'accompagna jusqu'à son maître. Matthieu, songeur, était assis sur un des blocs de béton qui bordent l'Isère. Il ne les avait pas entendus venir et restait absorbé par l'eau et ses reflets. Voilà plusieurs nuits qu'il dormait mal : il faisait toujours des rêves étranges avec cette grand-mère qui lui expliquait que sa vie devait changer… Mais il ne voulait pas qu'elle change, sa vie… Il l'avait choisie… Alors, elle souriait invariablement en lui disant qu'il n'y pouvait rien, c'était écrit… Il se sentait si plein de contradiction, si las…

Soudain, deux mains se posèrent sur ses épaules… Il sursauta et se retourna :

- Vous… Wihéa… je pensais justement…

- A moi, comme c'est gentil…

Matthieu sourit :

- En fait… pas à toi… mais à ta grand-mère…

- Mamilla ? Racontez, que vous dit-elle ?

- Ooohhh… Il fit un geste d'impuissance de la main…

Wihéa éclata de rire.

- Alors, elle vous dit des choses qui ne vous plaisent pas… Elle en avait l'habitude et en plus, cela se voit à votre tête…

Matthieu la regarda sans mot dire un moment puis demanda :

- Mais au fait, que fais-tu là de bon matin ?

- Eh bien, la journée, je suis venue mais vous n'étiez pas là…

- Forcément puisque je fais la man… Il rougit et s'arrêta net.

- Vous faites quoi ?

Matthieu était vraiment gêné, mais son sentiment se changea en une sorte de colère désespérée…

- Je fais la manche, voilà !

- C'est quoi ?

- Je m'assois et j'attends que les gens me donnent de la monnaie

- Oh… comme les mendiants au pied des cathédrales, au Moyen-Age… Vous êtes aussi au pied de la cathédrale ?

Matthieu ne put s'empêcher de sourire :

- Non… je suis…

- Vous êtes où ?

- Je n'ai pas à te le dire !

- Pourquoi ?

- Parce que je n'ai pas envie de te voir !

Wihéa eut soudain l'impression que son corps se vidait de son sang… Des larmes envahirent ses yeux

- Je croyais… je … que… nous……Elle respira profondément… Je croyais que nous étions amis. Un sanglot déforma sa voix.

Matthieu la regarda, gêné. Il se leva, lui prit les mains :

- Wihéa…

- Je m'en vais puisque…

- Non, je n'ai pas dit… Cela pour ici… mais… je ne… je n'ai pas envie de te voir quand je fais la manche ou plus exactement, je n'ai pas envie que toi, tu me vois en train de mendier.

Wihéa restait les yeux baissés devant lui, sans bouger…

Il lui serra un peu les mains.

- Wihéa, regardes-moi !

Elle releva son petit menton et leurs yeux se croisèrent.

- Wihéa, j'ai honte de moi, de ce que je fais… c'est pour cela.

- Mais pourquoi… vous le faites alors ?

- Jusqu'ici, cela ne me gênait pas du tout. Mais depuis quelques jours, c'est étrange. Il y a eu ta nuit ici et ces rêves avec ta grand-mère… Je ne sais plus où j'en suis… J'ai choisi cette vie… et puis…

Il ferma les yeux… Il s'en voulait de son moment de colère, de son malaise, de ses doutes.

- Pourquoi avez-vous choisi cette vie ?

- Je ne voulais plus de contrainte, je voulais la liberté totale…

- Vous avez été enfermé, avant ?

Matthieu la regarda, un peu surpris de tant de perspicacité, mais une image de la grand-mère lui souriant dans ses rêves lui revint… Il ne comprenait pas exactement ce qui se passait autour de lui mais il sentait confusément que ces deux femmes n'étaient pas dans sa vie par hasard… Le regard interrogateur de Wihéa le fit sourire :

- Tu as deviné, j'étais journaliste, j'ai été pris en otage plusieurs mois par des rebelles… Je n'ai pas supporté mon retour à la ville, à la vie, presque… Les horaires, les contraintes… Ma femme ne m'avait pas attendu pour sortir avec un autre… Oh, elle me pensait mort depuis le temps… c'est normal. Mais bon, je n'arrivais plus à faire mon boulot… Le retour n'a pas été des plus faciles… et me voici… Voilà, mademoiselle la curieuse, tu en sais assez !

Elle fit la grimace et proposa de but en blanc :

- Vous avez faim, on va prendre un petit déjeuner quelque part et je vous raconterai moi aussi, mon secret… Vous pourrez peut-être m'aider…

Attablés devant leur plateau de petit déjeuner, Wihéa achevait de lui raconter l'accident de ses parents et son cauchemar.

- Je suis encore sceptique concernant les cauchemars et les rêves, mais je vais t'aider. Nous allons commencer par rechercher les articles de journaux parus sur l'accident.

- Vous voulez bien m'aider, alors ?

Matthieu acquiesça d'un sourire. Elle comprit qu'il était d'accord.

- C'est super ! Comme je suis contente, on y va maintenant… ou …

- Ou quoi ?

- Ou il faut… que… vous alliez faire la manche…

Matthieu soupira d'un air las…

- Je verrai cela… plus tard… pour…

- Pour manger… Si vous m'aidez, vous mangez avec moi, c'est simple !

Pour Wihéa, l'affaire fut vite réglée… Elle préférait revenir à son idée première…

- On commence par quoi, pour les articles ?

- Il faudrait aller dans les archives des journaux, c'est en dehors de Grenoble, mais en bus, c'est possible.

- Vous voulez passer chez Céline, j'ai la clé, pour vous laver un peu et peut-être qu'on pourrait acheter des habits…

Matthieu pâlit :

- Tu as honte de te montrer avec moi, c'est cela ?

- Oh non, mais quand je suis arrivée, tout le monde me regardait avec mes habits venus d'un autre temps… Vous vous souvenez ?

Il hocha la tête, certes, il se souvenait…

- …et j'étais gênée… Là, je vois bien que les gens vous regardent avec le même air… Alors je pensais que cela vous gênait aussi…

- J'ai l'habitude, ne t'inquiètes pas.

Ils se sourirent… Il reprit, posant sa main sur celle de Wihéa

- Une chose me ferait plaisir, si nous devons faire ces recherches…

- Ah oui ? Quoi ?

- Je te tutoie et j'aimerai que tu en fasses autant !

- Oh, mais je n'oserai jamais ! Vous êtes si…

- Si quoi ? ? ?

- Eh bien… plus très… jeune !

Matthieu éclata de rire.

- Je sais, je pourrais être ton père ou presque… Non, peut-être pas quand même ! Mais avant tout, nous sommes des amis, et des amis se tutoient, Ok ?

- Ok, je vais essayer. On y va ?

Quand ils arrivèrent au journal, il était déjà presque onze heures… Matthieu demanda à consulter les archives. La personne de l'accueil le regarda d'un air mauvais mais il sortit une carte de sa poche et la lui montra. C'est alors avec un grand sourire qu'elle leur indiqua le chemin…

Dans les couloirs, Wihéa se montra curieuse :

- Qu'est-ce que tu lui as montré ?

- Ma carte de journaliste, bien sûr… Elle ouvre pas mal de portes, surtout celle d'un journal… logique !

- Tu as travaillé ici ?

- Non, sur Lyon… Mais pour le même groupe… - Tiens, c'est là.

Matthieu savait exactement où et comment chercher. Il ne leur fallut donc pas longtemps pour être installés devant les écrans et les microfiches…

- Maintenant, ce n'est plus pareil… C'est informatisé, mais à l'époque de l'accident…

Ils consultèrent donc les archives de l'année concernée, le mois, et…

Soudain Wihéa se figea. Un titre, dans une page interne du journal du 15 mai "*Perte de contrôle mortelle*". Elle n'osait pas lire, elle savait d'instinct que c'était celui de ses parents. Matthieu s'approcha d'elle, lui mit les mains sur les épaules…

- Imprimons-le, nous le verrons plus en détails plus tard. C'est quelle date exactement ? Comme elle ne répondait pas, il poursuivit : c'est pour voir dans les jours suivant s'ils ont ajouté une information. Ça va aller ?

Wihéa fit signe de la tête et Matthieu retourna à son pupitre. Il regarda d'autres microfiches. L'une d'elles attira son attention… Il se pencha vers l'écran…

- Ben, merde alors !

Wihéa se retourna vers lui, des larmes coulaient sur ses joues mais elle restait d'un calme presque surprenant…

- Qu'est-ce qu'il y a ?

- Il y a peut-être une piste… Mais j'aimerais vérifier…

Wihéa se dressa d'un bond et vint lire ce que son ami avait trouvé.

" L'accident en était-il un ?"

Nous vous avions fait part, le 15 mai dernier d'une perte de contrôle mortelle survenue sur une petite route de montagne, près de Corps. Or, un de nos lecteur était en randonnée ce soir-là, plus haut dans la montagne. Voici son témoignage : Il a vu monter la petite voiture bleue puis une voiture noire, plus imposante. La voiture noire a heurté par deux fois la bleue puis, en passant à côté d'elle, l'a poussée délibérément dans le ravin…

Nous ne savons toujours rien sur l'identité de ce couple, personne n'ayant encore signalé sa disparition et l'état de la voiture carbonisée ne permettant pas d'en trouver les propriétaires. Circulait-elle sans plaque, ce qui serait surprenant, ou les plaques ont-elles été démontées par le conducteur du second véhicule ? L'inspecteur Roux, chargé de l'enquête ne fait aucun commentaire." L'article était signé P.M.

Ils ne trouvèrent rien de plus les jours dans les articles des semaines suivantes, aussi, Matthieu lança :

- Allons chercher ce P.M., il doit en savoir plus ! Mais Dis-moi, Wihéa, la police a bien prévenu ta grand-mère ? Ils ont bien dû les identifier…

- Je ne suis pas sûre… Je n'ai jamais vu de policier à la maison… En tout cas, pas pour l'accident… Mamilla savait… moi aussi… Nous n'avions pas besoin qu'ils nous le disent…

- Et au village ?

- Mamilla leur a dit qu'ils avaient eus un accident de voiture et puis personne n'en a reparlé…

- C'est surprenant !

- Ah bon… tu trouves ?

- Allons voir ce P.M. . Il a suivi l'affaire, il en saura plus, reste à le trouver.

- Oui, tu as raison !

Au bureau principal, ils apprirent que P.M. s'appelait Patrick Marchand mais qu'il avait quitté le journal depuis neuf ans… Finalement Matthieu demanda s'il pouvait avoir les dossiers de P.M. au moins, ce dossier-là. Il expliqua à Wihéa qu'il était plus facile d'avoir un dossier de journaliste, à condition d'être soi-même journaliste, qu'un dossier de police…

- A moins, sans doute, d'être policier soi-même, conclut Wihéa avec perspicacité…

- Tout à fait…

Un homme âgé, tout ridé, vint vers eux.

- Bonjour, je suis Monsieur Jo, comme on m'appelle ici, vous voulez voir un dossier de Patrick Marchand, pourquoi ? Vous êtes de la police ?

Matthieu sortit sa carte de journaliste et Wihéa précisa :

- Les personnes tuées dans la voiture… C'étaient mes parents !

- Oh ! Je comprends… Venez !

Wihéa et Matthieu le suivirent. Après être descendus de quelques étages, ils parvinrent à une double porte imposante au-dessus de laquelle était inscrit en lettres noires, le mot ARCHIVES. Une fois à l'intérieur, l'obscurité de ce local immense les surprit.

- C'est nettement plus vaste que lorsque nous étions sur Grenoble. Au moins, j'ai pu tout organiser à ma façon, et croyez-moi, je suis le "roi en mon domaine"… Il rit et ajouta : mais avec mon système, toute personne qui veut trouver un dossier en mon absence le trouve sans problème…

Il s'installa derrière son bureau sur lequel un dossier était posé et leur fit signe de s'installer sur les chaises, en face.

- Ah, voilà le petit dernier… Regardez ! Il se tourna vers son ordinateur, entra le nom du journaliste, le titre du dossier et les mots-clés importants notés sur la couverture.

- J'ai eu du mal à tous les convaincre de noter des mots clés, mais lorsqu'ils ont eu besoin de consulter les archives, ils en ont vite compris l'intérêt et maintenant, ça roule. Voilà ! Le dossier à un numéro et je vais le ranger sur l'étagère, à la suite des autres. C'est simple… Mais j'ai quand même passé presque huit ans pour entrer tous les anciens dossiers dans cet ordinateur… Bon, maintenant que vous avez compris, enfin, je suppose…

Matthieu et Wihéa lui sourirent en hochant la tête...

- Nous allons donc chercher le dossier de l'accident du 15 mai 1983. Je rentre la date et voilà un numéro : 26542

… il n'y a plus qu'à aller dans la bonne rangée. Ne bougez pas, je reviens de suite.

Wihéa tremblait et Matthieu posa sa main sur la sienne pour la calmer… Il comprenait les sentiments que la jeune fille devait ressentir dans cette attente…

M. Jo revint, portant un dossier rouge foncé, il semblait perplexe…

- J'avais oublié que c'était ce fichu dossier… Regardez, il est presque vide et il ne vous apportera pas grand-chose de plus… Mais Patrick a écrit, là, « NCPM ». Cela veut dire « Non Clos Pour Moi ». Pour la boîte, l'affaire est classée, mais pas pour lui.

Il étala les papiers sur le bureau… Il y avait les articles qu'ils avaient vus sur les microfiches… et un autre de trois jours plus tard qui expliquait que l'affaire est close pour la police, le témoin restant introuvable…

Wihéa soupira et M. Jo reprit son bavardage :

- Je me souviens que Patrick a eu des soucis avec cet affaire… Il était jeune à l'époque et nous mangions souvent ensemble. J'étais un ami de son père, vous comprenez !

- Oui… Et cet accident alors… quels soucis ?

- Il m'avait raconté qu'un homme l'avait harcelé afin de savoir le nom de son témoin… Un jour, son bureau a été fouillé… Puis son appartement aussi… Il craignait que son témoin ne disparaisse… Ce qui s'est passé, d'ailleurs !

- Il est mort ?

- On ne peut pas le dire, on n'a jamais retrouvé son corps… Mais, en tout cas, il n'y a pas eu moyen de le retrouver…

- Il n'y a pas son nom ?

- Non, Patrick a dû le prendre avec le reste… Les bandes de sa conversation téléphonique aussi…

- Mais nous ne pouvons pas le joindre, on refuse de nous dire où il est…

- Oui, suite à cette affaire, il est parti sur Paris. Je crois qu'il a eu peur de quelqu'un mais n'a rien voulu dire…

Wihéa intervint :

- Mais vous, vous savez où il est !

Son ton affirmatif surprit M. Jo, elle s'expliqua :

- Vous êtes un ami de sa famille… Vous devez donc bien le savoir ! Ou vous avez les moyens de le savoir.

- Bien sûr je… mais je ne sais pas si …

Matthieu comprenait la situation et proposa :

- Vous lui dites que nous aimerions lui parler et vous lui expliquez qui nous sommes. Vous lui donnez le numéro de téléphone de Wihéa qu'elle va vous noter sur ce papier, et il verra ce qu'il veut faire. Dites-lui aussi que Wihéa est persuadée qu'il ne s'agit pas d'un accident et qu'elle peut lui apprendre des faits intéressants.

- Pas de problème, on fait comme cela.

Wihéa marchait en silence aux côtés de Matthieu. Ils retrouvèrent Reporter que Maurice avait gardé avec lui. Wihéa alla acheter des pizzas que les hommes mangèrent avec appétit... Matthieu se tourna vers elle :

- Tu dois manger un peu !

- Je n'ai pas faim !

- Je m'en doute, mais ce n'est pas une raison... Nous allons sans doute découvrir encore beaucoup de choses, et pas des choses bien propres... Tu as le temps d'avoir l'appétit coupé... Bon, nous allons attendre son appel et nous aviserons.

Wihéa se força à manger un peu mais en laissa une bonne part à ses amis. Elle n'avait pas touché à son verre de rosé... Elle se leva.

- Je dois aller voir une jeune maman à l'hôpital et passer au centre social... Elle ajouta, comme intimidée... Ce soir, je dois aller en boîte avec Céline...

- En boîte ! voilà une bonne idée...

- Bofff... Je ne le sens pas trop...

- C'est de ton âge, amuse-toi bien et reviens me voir dès que tu as des nouvelles de Patrick.

- Ok.

Wihéa s'éloigna après avoir embrassé sur la joue son ami et Maurice. Celui-ci n'avait pas dit un mot du repas, dégustant avec passion sa pizza...

- Drôle de fille... et généreuse en plus... Tu vois, j'ai rien demandé et elle nous a payé une bouteille de rosé...

ET SI ON SORTAIT …

Céline et Wihéa soupaient tranquillement. Elles discutaient de leurs journées respectives, notamment du travail de Céline, dans une petite entreprise d'automatismes. Elle était actuellement en train de revoir les chiffres avec un professionnel et cela ne lui plaisait pas du tout.

Wihéa lui parla de ses recherches au journal. Puis elle lui expliqua comment son amie Véronique avait repris des forces et parlait maintenant.

- Tu la verrais avec son bébé, elle ne le quitte pas des yeux, même quand il dort… Lui, il reste un peu sauvage avec les hommes qui approchent, mais il s'épanouit. Ils vont bientôt pouvoir sortir de l'hôpital.

- Ils rentrent chez eux ?

- Non, elle va aller un peu chez ses parents, le temps de chercher un appartement proche.

- Mais le père ?

- En fait, quand elle a connu ce compagnon brutal, il y a peu, elle était déjà enceinte de cinq mois.

- Mais alors, il n'est pas de lui ?

- Non, elle l'a conçu avec un homme qu'elle adorait mais qui s'est tué alors qu'elle ne savait pas encore qu'elle était enceinte…

- Tué ?

- Oui, en moto, un accident… Wihéa soupira tristement :

- Elle devait aller vivre avec lui à côté de Chamonix… Elle y était allée déjà plusieurs fois… Elle avait rencontré ses parents… Mais voilà ! La vie en a décidé autrement !

- Et l'abruti qui la frappait, il a reconnu l'enfant ?

- Non ! Heureusement…

- Ah bon… Tiens, c'est l'heure de ma série préférée… Tu te prépares et dès que c'est fini, je squatte la salle de bain à mon tour, on doit se faire belles ce soir…

Wihéa lui sourit et partit se faire couler un bain. Se prélassant dans l'eau tiède parfumée à la marjolaine, elle repensait à tout ce que Véronique lui avait raconté cet après-midi…

Lorsqu'elle avait connu son ami Nicolas, elle était très déstabilisée, elle ne voyait plus sa famille, et vivait mal sa grossesse qu'elle cachait à tout le monde… Elle déprimait et Nicolas s'était montré charmant… et convaincant pour qu'elle vienne vivre avec lui… Le temps de la grossesse, il travaillait et tout allait bien…

Et à son retour de la maternité, ce n'était plus le même homme… Il lui apprit qu'il s'était fait renvoyer pour faute grave. Mais c'était Mme Frey qui avait expliqué qu'il avait détourné des fonds de l'entreprise et pratiquement tué le collègue qui l'avait découvert… Il était devenu violent, il l'enfermait et ne lui donnait pas tous les jours à manger, ou des aliments tellement pourris qu'elle ne les mangeait pas de peur de s'empoisonner et d'intoxiquer son fils qu'elle nourrissait au sein. Il les frappait, les brûlait, par plaisir sadique et sous l'emprise de l'alcool… Les médecins qui s'étaient occupé d'elle avaient fait des analyses et trouvé trois spermes différents dans son vagin, mais elle ne pouvait pas l'expliquer… Elle n'arrivait pas à en parler même à la psychologue qui venait la voir tous les matins.

Wihéa savait, par les pensées de son amie, plus de choses qu'elle ne pouvait en dire, et tant de souffrances lui faisaient mal.

Mais Véronique, remise et reposée avait maintenant retrouvé de l'énergie et un goût de vivre incroyable… Elle avait rappelé ses parents. Par téléphone, elle leur avait annoncé la naissance de leur petit-fils, et sa présence à l'hôpital. Une heure plus tard, ils étaient devant elle, la serrant dans leurs bras. Le grand-père s'était approché du berceau. Au moment où Véronique allait expliquer que son fils avait peur des hommes, elle se rendit compte que l'homme et le bébé se regardaient fixement. Le regard du papy était plein de tendresse et le bébé lui fit beau un sourire, comme s'il avait senti sa bienveillance.

Ils lui chercheraient un appartement près de chez eux, à Meylan. Ainsi, elle pourrait reprendre son travail et sa maman s'occuperait du bébé. Pour le moment, elle vivrait chez eux. Wihéa sourit et se laissa couler au fond de la baignoire afin de se laver les cheveux.

Attendant son amie qui était à son tour dans le bain, Wihéa s'inquiéta un peu de la soirée à venir. Aller "en boîte" semblait réjouir Céline, mais cela ne lui disait rien, à elle… Comme elle voulait faire plaisir, elle n'osait pas refuser, de plus, elle n'arrivait pas à savoir si c'était dû aux évènements de sa journée chargée ou à ce qui allait se passer ce soir, mais elle ressentait une sourde angoisse… "Tu rencontreras peut-être le grand amour" lui avait dit en riant Céline. Matthieu prononça la même phrase. Mais cette éventualité ne l'effleurait pas. Recherchait-elle le Grand Amour ? Non, sa quête était toute autre.

Elle était maintenant habillée d'une jupe courte et d'un petit tee-shirt brodé. Elle savait que Céline ne serait pas prête avant une demi-heure, aussi elle se rendit dans sa chambre et sortit du fond de son armoire son petit coffret. Elle ne l'avait pas encore utilisé depuis qu'elle était en ville… Avant de l'ouvrir, elle le caressa doucement, ferma les yeux, posa ses mains sur le couvercle. Elle ressentait les vibrations de sa grand-mère et d'autres forces plus puissantes qui étaient cachées là… Elle détacha la chaîne de son cou, prit la clé et ouvrit la serrure ancienne. Lentement, elle souleva le couvercle un peu lourd. Le tissu de soie violet, posé sur tout le reste, lui parut vif. Elle le sortit et l'étala devant elle, sur le bureau. Elle posa des petites bougies neuves sur leur socle de chaque côté et les alluma avec la même allumette, le symbole de la vie ne devant pas s'éteindre entre chacune. Puis avant de s'asseoir, elle pensa à donner un tour de clé à la porte de sa chambre. Elle éteignit la lumière.

Dans la pénombre des bougies, elle s'installa devant l'autel improvisé. Ne sachant quel support utiliser, elle les sortit tous : le jeu de tarot de Marseille, les pièces et le livret du yi-king et enfin, son pendule. Elle prit ce dernier, l'enroula dans sa main comme il se doit et le tint devant les autres. Il se stabilisa et, rapidement, entreprit un va-et-vient vers le yi-king. Wihéa sourit et rangea les cartes. Elle prit le carnet qui était attaché par un gros élastique large sous le couvercle du coffret ainsi qu'un stylo plume qui semblait d'un autre âge... Elle vérifia la pompe, elle était pleine d'encre mauve. Sur une page vierge, elle écrivit la date puis sa question :

"Cette soirée sera-t-elle agréable ? "

Prenant délicatement les pièces percées du jeu, elle les serra un moment dans ses mains.

Sa grand-mère lui avait expliqué que c'était plus que de la divination, c'était un code éthique pour la vie sociale et la vie personnelle... Elle les lança sur le tapis, prenant soin qu'elles ne tombent pas à côté. Elle ne pouvait expliquer pourquoi elle agissait ainsi, c'était un rituel immuable qui avait été enseigné de mère en fille depuis son ancêtre, qui elle, l'avait appris d'un chinois.

Elle les lança six fois en tout, et, à chaque lancée, elle traça sur son carnet des lignes.

Elle feuilleta le livret ancien sur lequel elle consulta la signification de cet hexagramme : "La marche". Son aïeule avait traduit succinctement les explications[1] de son ami chinois, sur les trois premières lignes.

"Période ambiguë : tout peut aller très bien, ou très mal dans votre vie. Avancez prudemment. Vous allez accomplir un grand pas en avant, mais cela ne sera positif que si vos actes sont parfaitement équilibrés. Pour les Chinois, c'est l'image de « marcher sur la queue du tigre ». Il n'est pas recommandé de tomber face à un tigre, mais vous pourrez vous tirer d'embarras en marchant sur sa queue ! "

La ligne 2 étant modifiée, Wihéa poursuivit sa lecture. "*Vous avez confiance en vos pouvoirs, mais vous êtes parfois impulsif et imprudent. Attention à bien évaluer la situation et montrez-vous vigilant.* "

Wihéa respira profondément et lentement. Il pouvait donc y avoir danger… Cela, elle le pressentait… mais elle pouvait s'en protéger, en se montrant vigilante… Cela lui semblait simple…

Finalement, le cœur léger, elle s'apprêta à sortir.

---

[1] Yi king de Chris Marshall Edition Solar

SERGE REVIENT DE LOIN…

Serge était maintenant débranché du respirateur. Il n'avait plus que le monitoring qui émettait les sons désormais réguliers des battements de son cœur. L'alerte était passée et il allait pouvoir sortir du service des soins intensifs.

Les images de son passé avaient fini de le hanter, mais il sentait souvent la présence de Céliana près de lui et il était conscient d'avoir lutté pour la vie, pour elle, pour sa petite-fille inconnue. Une fois de plus, il lui devait la vie. Il ressentait une étrange impression en repensant à l'image de Céliana, derrière la vitre de sa chambre… L'infirmière de garde lui avait dit qu'effectivement, elle aussi avait vu une jeune fille qui le regardait, mais elle était là par hasard, pendant que des aides-soignantes faisaient la toilette de son amie… Elle n'était pas venue le voir, lui… Il avait du mal à comprendre ce qui se passait et en avait conclu que la jeune fille devait ressembler vaguement à Céliana et que, dans son délire, il l'avait prise pour elle…

Son fils était venu souvent le voir, il lui avait parlé longuement de l'entreprise, puis, le temps aidant, leurs conversations étaient devenues plus intimes. Daniel lui confia qu'il avait des problèmes de couple...

- Je m'en doutais un peu, mon fils... Mais peut-être que ma présence dans la maison n'a jamais facilité les choses... Il se peut que cela s'arrange maintenant que vous allez être seuls pendant un bon moment...

- Je crains que ce ne soit irrémédiable... Il n'y a plus rien entre nous depuis bien longtemps... Je crains même qu'elle reste avec moi juste pour l'argent et la maison...

Serge sourit, il avait compris dès leur rencontre que la jeune femme de l'époque faisait un mariage d'intérêt tandis que son fils était amoureux.

- Tu vois mon grand... je viens de passer près de la mort et je peux te dire une chose : vis pleinement et fais en sorte d'être heureux ! Mais pour y parvenir, il faut parfois passer par des moments désagréables... Et autre conseil, si tu veux divorcer, fais-le pendant que je suis en vie... Elle te volera moins !

Daniel regardait son père éberlué... Il leur était rare de discuter ainsi, et jamais il ne se confiait à son père... Mais était-ce parce qu'ils avaient le temps, ou était-ce l'expérience que venait de vivre Serge qui l'avait métamorphosé... Heureux, ils se rendaient compte qu'ils se comprenaient bien plus qu'ils ne l'imaginaient auparavant...

Serge se demandait s'ils avaient simplement pris le temps de se parler un jour... Ils avaient vécu côte à côte, affronté la maladie de sa femme, donc de sa mère.

Son alcoolisme avait détruit tant de choses dans leur famille, dans leurs rapports... Il avait tenté d'élever son fils en compensant l'absence de sa femme.

Daniel, lui, prenait conscience qu'il en avait voulu à son père d'avoir laissé sa mère boire... et finalement, des années plus tard, c'était à son tour de vivre le même calvaire... Il comprenait mieux ! Cela lui facilitait sans doute les choses... Il avait fallu que son père soit à deux doigts de la mort pour que lui comprenne la vie... Heureusement, Serge était en vie et son état s'améliorait chaque jour... Demain, il aurait une chambre particulière, un peu plus intime.

Cela réjouissait le vieil homme car il savait qu'enfin, il pourrait faire venir son ami, le notaire Maître Antoine Cavant... Il s'était rendu compte, lui aussi, qu'il discutait beaucoup mieux avec son fils, mais il n'avait qu'une hâte, retrouver sa petite-fille... Et il comptait bien sûr son ami pour la rechercher... Il ne voulait pas en parler à Daniel pour le moment... c'était trop tôt... Il attendrait de pouvoir changer son testament, là, il l'en aviserait.

Ce soir-là, dans la solitude relative de sa chambre, il essayait de trouver les mots qu'il dirait à son ami. Il ferma un instant les yeux et il sentit la présence de Céliana.

- La vérité, mon ami, dis-lui la vérité !

- Oui, ce sera le plus simple ! répliqua-t-il doucement.

Rasséréné, il s'installa confortablement dans son lit et ferma les yeux. Comme il aimerait dormir et rêver encore de Céliana… Alors, il fit appel à ses souvenirs… Il se retrouva dans la montagne avec elle. Elle ramassait des racines et lui expliquait comment elle les employait, les travaillait pour confectionner des remèdes. Il se revoyait encore au bord du lac, couchés, sur un tapis de feuilles tombées, leurs vêtements posés un peu plus loin. Ils étaient nus et il parcourait de son doigt la courbe du corps svelte de la jeune femme. Il s'attardait sur les seins, au creux de ses cuisses… Elle lui avait appris toutes les subtilités du désir, du plaisir, des plaisirs devrait-il plutôt dire… Il avait tenté d'initier celle qui avait été sa femme légitime… mais elle était bien trop prude, froide… pour qu'il ose vraiment agir avec elle comme il l'avait fait avec Céliana… Finalement, avec le recul, il savait que sa première maîtresse, avait été la seule femme qu'il ait réellement aimée…

Mais pourquoi n'était-il pas remonté après la guerre ? Attendait-il qu'elle vienne le retrouver ? Tout en sachant qu'elle ne quitterait pas sa montagne… et lui, aurait-il pu vivre là-haut, dans ce village ? Non, sans doute n'étaient-ils pas faits l'un pour l'autre… Ici, en ville, il avait repris une petite entreprise, l'avait fait tellement prospérer qu'il était devenu un homme riche… Il avait eu une femme alcoolique, un fils qu'il découvrait réellement sur le tard, une petite-fille, Mathilde, qui se droguait… alors, que valait cette richesse matérielle, cet argent amassé sur ses comptes ? Et cette autre petite-fille… Elle avait tout juste dix-huit ans… Comment était-elle ? Connaissait-elle son existence ? Il n'en avait pas l'impression… Il lui semblait que c'était à lui de la rechercher, et non l'inverse… C'est du moins ce qu'il avait ressenti des pensées, des contacts avec Céliana.

Il s'endormit sur ces souvenirs et ses rêves le conduisirent à nouveau près du lac. Céliana sautait dans l'eau froide et son corps ruisselait de milliers de gouttelettes. Il était allongé sur le bord et la regardait. Elle vint vers lui et secoua sa longue chevelure, l'aspergeant. Il voyait l'eau s'écraser sur son corps en éclaboussant, mais il ne ressentait pas leur fraîcheur… Dans un demi-sommeil, il s'en étonna un peu et prit conscience qu'il rêvait… Il ne voulait pas sortir de ce monde et replongea dans les bras de Morphée…

Cette fois, il se retrouva devant le chalet… Il arrivait et voyait Céliana laver du linge dans la fontaine… Le soleil était haut et se reflétait dans l'eau qui, ici encore, brillait de mille feux… Elle avait une jupe longue et sombre, un chemisier blanc et un grand chapeau de paille… Ses longs et épais cheveux descendaient en cascade le long de son dos. D'un geste impatient, elle repoussait les mèches rebelles qui tombaient devant elle. Elle le vit et lui fit signe…

Dans son sommeil, Serge souriait de Bonheur…

Piétro…

Tandis que son grand-père souriait à son passé, Wihéa, elle, se sentait terriblement oppressée. Elle regrettait d'être venue en boîte, pour faire plaisir à son amie… et, il fallait l'avouer, un peu par curiosité. Mais il y avait tant de monde et un bruit si atroce qu'elle tenta de partir "ailleurs"… Son corps restait là tandis que ses pensées l'emmenèrent loin d'ici… Dans ses montagnes… dans son chalet… Elle revit la fontaine, les rochers, elle eut presque l'impression de sentir les odeurs de l'alpage….

Mais Céline qui observait Wihéa depuis un moment s'approcha. Elle la prit doucement par le bras, la ramenant brutalement dans le présent. Elle proposa à son amie de venir avec elle sur la piste :

- Ce n'est pas dur ! Viens ! hurla-t-elle pour couvrir la musique.

Wihéa la suivit docilement, "Il faut bien tenter de s'occuper, pensa-t-elle… Cela ira mieux demain… "

Elle tenta de suivre les mouvements et le rythme endiablé de son amie qu'elle ne quittait pas des yeux. Puis progressivement, la musique entra en elle et ses pensées devinrent plus légères… Les images s'estompèrent dans le flou de la fumée… Elle ressentit les vibrations passer dans ses pieds, puis dans tout son corps… Elle ne pensait plus, elle dansait ! Elle ne faisait pas les mêmes mouvements que les autres, elle avait sa propre danse, une danse étrange qui allait du bout de ses pieds au sommet de sa tête, elle semblait en transe… Elle n'était plus là et ne sentait pas les regards surpris, voire intéressés que les danseurs lui jetaient… Certains assimilèrent cela à une danse tribale, indienne peut-être… Céline cria "C'est trop cool ! " et, avec un groupe hétéroclite, elle tenta d'imiter son amie…

Wihéa dansait… Elle ne savait plus où elle était… elle dansait ! Lorsque soudain, le rythme changea brutalement pour une série de slows, elle reprit lentement conscience des lieux, des personnages autour d'elle… Elle fut surprise de découvrir un homme la serrant langoureusement contre elle. Elle ouvrit les yeux et les referma rapidement "Comme il est beau ! Je dois rêver sans doute…" pensa-t-elle… Lentement, elle osa le regarder à nouveau. Il lui sourit gentiment.

Une peur étrange lui serra la poitrine. Elle chercha Céline des yeux et celle-ci lui fit un clin d’œil complice. Non, elle n’avait pas à s’inquiéter, tout allait bien…. Elle regarda encore l’homme qui la tenait serrée contre lui et l’entraînait au son d’une musique langoureuse. Ses yeux marrons la regardaient avec douceur et gentillesse. Il n’avait plus guère de cheveux et cela la fit sourire intérieurement, "Finalement, c'est séduisant !"…. Sa bouche fine lui sembla curieusement perverse et attirante à la fois… Emplie de musique et de bien-être, elle se laissa aller contre lui. Il prit cela comme une invite et, doucement, il posa sa bouche contre la sienne.

Une foule de sentiments de toutes sortes envahissait Wihéa, allant du simple plaisir à une terreur inexplicable. Elle laissa la langue de l'homme lui ouvrir délicatement les lèvres et un frisson incontrôlable la parcourut tandis qu'elle le sentait explorer ainsi sa bouche. On ne l'avait jamais embrassée comme cela… La main dans son dos descendit au creux de ses reins. Son corps se retrouva plaqué contre un corps chaud qui l'emportait dans la danse. Elle sentit ses seins se dresser sous sa chemise, collés contre la poitrine de cet inconnu. Jamais elle n'avait vécu ni ressenti un tel contact… D'ailleurs, elle n'avait jamais eu trop de contact avec des hommes… Etait-ce cela l'amour ? Si oui, pourquoi ressentait-elle aussi tant de terreur au plus profond de son être ?

Elle croisa le regard de Céline qui dansait langoureusement elle aussi, avec un inconnu, cela la rassura. Aussi, Wihéa décida de profiter de ce moment magique sans penser à rien d'autre. Rien ne pouvait lui arriver dans ces lieux et ensuite, elle rentrerait avec Céline et tout deviendrait des souvenirs d'un moment incroyable…

A la fermeture de la boîte de nuit, les deux jeunes femmes se retrouvèrent dehors, accompagnées de leurs compagnons de soirée. Wihéa observa Céline qui embrassait amoureusement son nouvel ami…

- Je te raccompagne ? Lui demanda son propre partenaire.

- Non, merci, j'attends mon amie. Merci pour cette belle soirée. Gênée, ne sachant que faire maintenant, elle lui tendit la main. Il rit, s'approcha d'elle et la serra contre lui.

- Eh, on ne va pas se quitter ainsi… on se voit demain ? Je t'invite à manger, à midi.

- Mais je…

- Tu bosses ?

- Non !

- Alors, c'est ok pour demain midi…

Il lui fit un sourire qui la mit mal à l'aise, un sourire "carnassier" pensa-t-elle plus tard… Mais elle le trouvait si séduisant… Elle frémit sous sa main qui lui caressa le dos…

- Ok… Dis-moi où tu veux que l'on se retrouve.

Il l'embrassa fougueusement, jouant à lui mordiller la lèvre supérieure. Elle en était tout émoustillée quand elle écarta son corps alangui pour rejoindre Céline maintenant dans la voiture…

Elle ne vit pas Matthieu qui, dans l'ombre de la rue, observait la scène… Il dévisageait l'homme qui venait d'embrasser son amie… Ses traits lui rappelaient vaguement quelque chose… Il l'avait déjà vu, il en était sûr… mais qui était-il ?

- Tu es superbe ! s'exclama son amie, le lendemain matin alors qu'elle se préparait pour retrouver son nouvel ami… et comment il se prénomme, ce beau jeune homme ?

- Eh bien… je n'en sais rien… Wihéa rougit. Je n'ai même pas songé à lui demander.

Céline rit de bon cœur…

- Ce n'est pas grave, en boîte, c'est souvent comme çà…

Wihéa lui sourit, un peu angoissée… Elle craignait de se retrouver en face de cet homme qui la troublait tant. Elle avait eu un sommeil agité, elle le voyait la dévorer de son air carnassier… Elle ressentait une vague peur mais l'attirance était encore plus grande…

C'est dans cet état d'esprit qu'elle le retrouva devant le restaurant. Il était en costume bleu, il lui parut très "classe", comme disait Céline… Elle le compara, en souriant, à un prince… Il l'embrassa délicatement et rapidement sur les lèvres et la prit par le bras pour entrer dans le restaurant. Il avait réservé une table dans un coin sombre. Wihéa constata que tout le personnel le connaissait. Tous le saluaient, l'appelant Piétro…

Une fois installée, elle demanda :

- Alors… Vous vous appelez Piétro…

- Eh oui. Je suis d'origine italienne. Et toi, comment t'appelles-tu ?

Intimidée par le tutoiement, elle répondit doucement :

- Wihéa.

- Wihéa, c'est adorable… Cela te va bien…

Le garçon s'approcha avec les cocktails que Piétro avait commandés en passant devant le bar.

- Ce sont des cocktails maison, tu vas voir, ils sont sublimes…

Wihéa approcha son verre de sa bouche :

- Oh, cela sent l'alcool…

- Bien sûr… Piétro rit. Tu n'as pas l'habitude ?

- Pas trop…

- Ce n'est pas grave… Tu vas aimer…

Le repas était succulent. Piétro l'interrogea sur sa famille et lorsqu'elle lui expliqua en bref qu'elle n'avait plus personne, il lui prit la main, la porta à ses lèvres :

- Tu m'as, moi, maintenant ! Je te protégerai !

L'alcool de l'apéritif et du vin firent perdre toute notion de réalité à Wihéa. Elle se sentait légère, elle avait même envie de dormir. Elle entendait Piétro parler mais sans réellement comprendre tout ce qu'il disait… Elle repensa à leur soirée en boîte et eut soudain envie qu'il la serre contre lui… Elle ne dit rien mais il comprit l'invitation muette, d'autant mieux qu'il l'avait provoquée par quelques mots langoureux. Il se rendait bien compte que l'alcool avait anéanti toute la peur qu'il lui avait semblé percevoir au début du repas.

Ils avaient terminé et il lui proposa de la raccompagner. Un peu ivre, elle riait… Elle ne savait pas pourquoi… alors, elle riait…

En sortant, un serveur glissa à l'oreille de Piétro :

- Elle est à point la jolie, bon après-midi !

Piétro lui répondit d'un clin d'œil et le bras autour de la taille de Wihéa, il l'entraîna jusqu'à sa voiture, une BMW dernier cri…

Il lui ouvrit la portière et l'aida à s'installer… Elle s'endormait presque… Assis devant son volant, il la regarda. Il avait prévu d'aller chez lui, lui faire l'amour… Il en avait follement envie, mais quelque chose bloquait… Cette fille n'était pas comme les autres… Il n'avait pas envie d'aller trop vite… Il ne devait surtout pas aller vite… Il le sentait, il le savait en homme habitué aux femmes… Il savait tout ce qu'il devait savoir : elle n'avait pas de famille, pas de travail, exactement ce qu'il lui fallait… Il mit le contact et sortit du parking… Il avait trouvé où il devait l'emmener.

LES RECHERCHES D'UN GRAND-PÈRE.

Serge observait attentivement son ami, il venait de lui raconter l'histoire de Céliana, de sa fille et de sa petite-fille inconnues…

- Voilà, maître Antoine, tu connais toute l'histoire… Je dois retrouver cette enfant, pour elle, pour moi.

- Tu veux en faire une héritière ?

- Bien sûr. Mais surtout j'ai envie de la voir, de la connaître… J'ai tellement aimé sa grand-mère, tu vois… C'est inexplicable…

Antoine était un homme d'une cinquantaine d'années, légèrement bedonnant et totalement chauve. Il connaissait Serge depuis des années, le conseillant de tout temps sur ses achats d'usine, terrains, maisons et bien sûr, son testament…

- J'imagine que ton fils ne va pas être heureux de savoir qu'il va devoir partager…

- Certes non ! Surtout sa femme… C'est d'ailleurs pour cela qu'il faut que tu me trouves cette enfant, sans en parler à personne. Tu es le seul à savoir. Je crains que si ma belle-fille l'apprend, elle ne se mette en travers de ta route…

- Dis-moi exactement tout ce que tu sais et je vais la chercher. Mais je n'ai pas trop de temps, actuellement…

- Tu peux prendre un détective, je paierai.

- Cela serait plus simple, en effet… Je vais t'envoyer Ludovic Barta et tu lui diras tout ce qui peut l'aider. Je le connais, c'est un bon !

Antoine l'appela avec son mobile.

Ludovic arriva rapidement après le départ d'Antoine. Lui expliquant les grands faits de l'histoire, Serge lui exposa tout ce qu'il savait…

- Cela ne va pas être facile de la retrouver dans cette ville…

- Certes, non, j'imagine, mais faites votre possible !

- Bien, monsieur ! Je m'y mets dès cet après-midi.

Ludovic sortait au moment où entra Daniel, le fils de Serge. Leurs regards se croisèrent, comme surpris de se voir… Ils se firent un bref salut et Daniel vint s'asseoir près de son père. A son visage fermé, il n'osa pas lui poser de question. Il lui rapporta les dernières nouvelles de l'usine mais l'esprit de Serge était ailleurs. S'en apercevant, son fils lui demanda ce qui se passait…

- Oh, je t'expliquerai dans quelques jours…

- Cela a un rapport avec ton voyage précipité de la semaine passée ? Tu ne m'as toujours pas dit ce que tu faisais à…

- Oui, cela a un rapport, mais je préfère t'en reparler plus tard…

Ce soir-là, Monique était à la maison quand Daniel rentra. Elle lui demanda des nouvelles de Serge. Cela le surpris, mais il comprit rapidement la raison de cet intérêt subit quand elle marmonna ;

- Il va mieux… Dommage…

Consciente de la présence de son mari, elle s'arrêta net… Daniel la regardait durement :

- Je peux terminer ta phrase : dommage qu'il ne soit pas mort de son malaise cardiaque ! Tu es horrible !

- Ne dis pas que tu n'y as pas pensé !

- Non ! C'est mon père !

- Et alors ! Tu pourras au moins faire ce que tu veux à l'usine, licencier comme tu veux et tout…

- Mais il me conseille encore positivement et puis… je n'ai pas envie de le perdre. Il n'a que soixante-dix-sept ans.

- Eh moi, j'en ai assez de le voir dans ma maison !

- Mais c'est SA maison !

- Plus pour longtemps !

- Tu n'as jamais voulu déménager pour une maison à nous !

- On n'aurait jamais pu acheter un château comme celui-ci, alors autant y rester. Il n'a qu'à s'acheter lui, une petite maison. Il en a les moyens !

- Tu es ignoble ! Je sors !

Daniel était, une fois de plus, dégoûté par les mots de sa femme… Il ne pouvait plus supporter cette mégère… Il allait se renseigner pour divorcer, il irait voir l'avocat que lui avait conseillé sa secrétaire… Certes, Monique allait tenter de le plumer au maximum, mais tant pis… Pour ne plus penser à ce sujet qui l'incommodait, il repensa à Ludovic… Ils avaient été copains de Fac, et il savait que Ludo avait ouvert une agence de détective privé. Mais que faisait-il avec son père ? Cela avait-il un rapport avec l'usine ? Apparemment, non ! Pas plus que pour ses infidélités puisqu'il lui avait donné sa bénédiction…

Il se rendit directement chez Mélanie. Avec elle, il pouvait discuter de tout cela et puis, l'idée de la voir, de manger avec elle, de passer la nuit chez elle, le rendit tout guilleret et il en oublia Ludo, son père et sa mégère de femme.

DISPARUE…

Wihéa se réveilla vers dix-huit heures. Elle avait senti que la voiture roulait mais elle n'avait aucune idée d'où elle était maintenant. Elle se tourna vers le conducteur et sourit à Piétro… Elle avait mal à la tête… sans doute l'alcool… Elle observa la route… Ils arrivaient à un péage :

- Où sommes-nous ?

- Nous serons bientôt à Saint-Raphaël, tu connais ?

- Non, c'est où ? On a roulé depuis longtemps ?

- Nous sommes partis vers 15 heures, après le restaurant, tu te souviens ?

Wihéa rit et tout lui revint… Le restaurant, le cocktail et son envie de dormir…

- J'ai mal à la tête…

- C'est normal, je te donnerai un cachet tout à l'heure. Tu seras en forme pour recommencer ce soir.

- A non, pas encore… Soudain, elle regarda les arbres, la nature… tout était sec. Presque désertique…

Solennel, il mit sa main sur sa jambe :

- Attention mon cœur, regarde bien devant toi.

Wihéa écarquilla les yeux… Une vaste étendue d'eau bleue s'étendait devant eux… La route serpentait maintenant et longeait la côte. Elle en fut émerveillée !

- Tu m'as dit que tu n'avais jamais vu la mer… alors j'ai voulu te faire la surprise ! Tiens, on va se garer là.

La jeune fille ne quittait pas la mer des yeux… Comme dans un songe, elle sentit la voiture s'arrêter. Sa portière s'ouvrit et Piétro l'aida à descendre.

- Alors, heureuse ?

- Oh oui ! ! ! C'est formidable, génial… C'est si beau…

Piétro se plaça derrière elle et la prit dans ses bras. Son bonheur lui donnait un plaisir étrange, inconnu… Soudain, il eut l'impression de n'avoir côtoyé que des filles blasées… Pourtant certaines n'avaient sans doute jamais vu la mer non plus… Mais cette Wihéa était si pure, si nature qu'elle l'effrayait un peu… Il savait qu'il allait la souiller… et de la pire des manières… Il en ressentit, pour la première fois de sa vie, une honte douloureuse. Il se secoua et la chassa bien vite de son esprit, pas question de laisser sa conscience lui gâcher la vie… Il embrassa Wihéa dans le cou et la serra contre lui… Pour le moment, il l'avait pour lui, rien que pour lui et il comptait bien en profiter au maximum…

Ils descendirent quelques marches de pierres et de sable, afin de marcher sur la plage. Elle enleva ses chaussures et courut dans l'eau. En revenant vers lui, elle s'accrocha à son cou et l'embrassa sur les joues en lui disant merci à chaque baiser sonore. Il l'arrêta et l'embrassa amoureusement sur les lèvres. Sa main descendit dans son dos, serra tendrement ses fesses… Elles étaient fermes, "elle est sportive la demoiselle"… Il repoussa ses pensées un peu trop terre à terre… La "marchandise" était bonne, c'était plus que certain… mais loin d'être prête pour la "livraison". Il soupira intérieurement.

Wihéa ressentait un élan physique de plus en plus puissant. Elle répondit avec passion à ses douces caresses. Elle se laissa entraîner par ces sentiments forts et inconnus… Elle pensa qu'elle devrait appeler Céline mais les bras de Piétro et l'air marin la firent frémir… Elle oublia tout le reste.

En début de soirée, Céline téléphona à sa mère afin de savoir si elle avait vu Wihéa :

- Mais je m'inquiète, d'habitude, elle est rentrée à cette heure-ci.

- Tu m'as dit qu'elle voyait son nouvel ami à midi. Elle n'a pas dû voir le temps passer…

- Elle aurait pu prévenir…

- Dis, ma grande, quand tu vivais à la maison et que tu sortais… Il me semble me souvenir que nous prévenir de tes retards n'étaient pas prévus dans ton programme non plus…

Les deux femmes rirent et Céline, après avoir embrassé, par ondes interposées, sa maman, raccrocha, relativement rassurée. Elle préparait une salade pour deux, lorsque le téléphone retentit, elle se précipita :

- Wihéa ?

- Ah non, je suis Patrick Marchant, elle a cherché à me joindre… je suppose qu'elle n'est pas là…

- Non, elle n'est pas encore rentrée. Je lui dirai que vous avez appelé, vous me laissez vos coordonnées ?

- Je suis sur Paris, je rappellerai un peu plus tard…

A son second appel, Céline regardait la télé et était de plus en plus tendue. Son correspondant le remarqua et lui demanda ce qui se passait. L'absence de Wihéa sembla l'inquiéter aussi et il essaya d'en savoir plus :

- Vous savez si elle a tenté de retrouver quelqu'un au sujet de l'accident ?

- Non, je ne pense pas, mais, en fait, je ne sais pas du tout ce qu'elle a fait cet après-midi…

- M. Jo du journal m'a dit qu'elle était avec un homme, l'autre jour au journal

- Oui, Matthieu, mais je ne sais pas du tout où le joindre… d'après Wihéa, c'est un SDF… et je ne le connais pas… Je me vois mal aborder les SDF pour leur demander s'ils s'appellent Matthieu… Et à midi, elle a mangé avec un autre homme, qu'elle a rencontré en boîte hier soir… Je ne sais pas son nom…

Elle essaya de sourire :

- Excusez-moi de vous raconter tout çà, mais j'avoue que je me fais du souci pour elle…

- Bon, espérons qu'elle va rentrer cette nuit… Je vous rappellerai demain à midi… Mais voici mon numéro au cas où vous ayez de ses nouvelles dans la nuit, n'hésitez pas à m'appeler.

Céline nota le numéro et raccrocha après un rapide bonsoir.

Wihéa était toujours sous le charme de la mer et savourait le repas dans ce petit restaurant au bord de l'eau… Elle écoutait Piétro lui parler des vins. Il lui expliquait leur histoire, les différentes appellations, comment les déguster… Elle ne se rendit pas compte qu'elle avait encore énormément bu…

Mais pas suffisamment sans doute, car en arrivant à l'hôtel, un sentiment de panique s'empara soudain d'elle. Que faisait-elle là, avec cet homme ? Qu'allait-il se passer ? Elle essayait de se raccrocher à sa grand-mère, de la contacter par la pensée mais l'alcool avait trop embrumé son esprit, elle n'arrivait plus à réfléchir. Piétro la serra contre lui en demandant une chambre et la rassura doucement :

- Aie confiance en moi, je t'ai dit que je te protégerais, n'aies pas peur.

Il prit la clé que lui le réceptionniste lui tendait en souriant et s'éloigna dans le couloir, entraînant la jeune fille. L'hôtel était très classe et, pourtant, elle ressentait un réel danger… Mais elle était impressionnée par le cadre, le luxe et, bien que cherchant à voir d'éventuelles issues de secours, elle n'osait tenter de fuir…ll n'était pas certaine que ses jambes la porteraient bien loin… Elle se laissait guider, emmener gentiment dans la chambre, alors qu'au fond d'elle, elle sentait sourdre une panique intense.

Elle n’avait pas envie de dormir malgré la dose importante d’alcool qu'elle avait ingérée. Sans doute était-ce parce qu’elle avait dormi tout l’après-midi. Elle se dirigea vers la fenêtre, espérant voir la mer, elle avait besoin de se sentir rassurée par cette masse d’eau, par la nature… mais elle ne vit que des palmiers, des maisons…

Piétro vint près d’elle et la serra dans ses bras.

- N'aies pas peur, mon bébé, tout va bien se passer. Laisse-toi aller en ayant confiance en moi.

Il l’entraîna dans la chambre et, lentement, la déshabilla. Il était toujours dans son costume bleu. Il commençait à transpirer. Il enleva sa veste alors que Wihéa était déjà en culotte et soutien-gorge.

Elle ne bougeait pas, comme absente… Cela le surprit un peu mais il ne dit rien et la caressa doucement tandis qu’il achevait de la mettre nue… Elle était debout devant lui. Il la fit tourner doucement, l’embrassa sur les seins, lui pinça les mamelons comme pour jouer. "Bien, pensa-t-il, elle réagit correctement." Il la serra contre lui. Ce n’était pas la première fois qu’il trouvait ainsi des filles pour de riches clients, il savait rester froid et les juger objectivement. Mais celle-ci le troublait plus qu’il ne voulait l’admettre, plus qu’il ne faudrait. Avait-il peur d'elle ? C'était ridicule, c'est l'inverse qui devait être… Il sentit le corps de Wihéa trembler contre lui, il en sourit, curieusement ému.

Mais les frissons de Wihéa étaient des tremblements de peur, elle sentait qu'il allait lui arriver quelque chose mais elle n'avait pas la force de lutter contre les vapeurs de l'alcool… Elle aimait cet homme. Elle ressentait du plaisir à être nue contre lui, donc, forcément, elle l'aimait. Cela ne pouvait être que de l'Amour. Comme il savait la caresser, passer ses mains sur elle. Elle avait lu des livres d'amour, les femmes ressentaient ces frissons quand elles étaient amoureuses. Donc, si elle l'aimait, elle n'avait rien à craindre. Si elle l'avait rencontré, ce n'était pas par hasard… Il devait l'aimer aussi pour l'avoir emmenée si loin, au bord de la mer. Il aimait lui faire plaisir, elle l'avait senti quand il la regardait s'émerveiller devant la mer ! Ils s'aimaient… Alors elle ne devait pas s'inquiéter, il allait lui apprendre le plaisir. Elle voulait avoir confiance et repoussa ses pensées angoissantes tout au fond d'elle.

Elle se rendit compte qu'il lui prenait les mains et les posait sur sa chemise.

- Déshabille-moi. Sa voix était douce et chaude.

Elle défit les boutons et lui enleva sa chemise en frémissant doucement, en découvrant une poitrine légèrement velue. Elle l'effleura de la main.

- C'est doux !

- Bien, mon bébé, maintenant, enlève-moi mon pantalon.

Elle le regarda, surprise… Il expliqua…

- Les hommes aiment que les femmes les déshabillent complètement. Voilà, ainsi. C'est bien… A mon caleçon, maintenant. Il posa les mains de Wihéa sur ses propres hanches. Elle tremblait et il remarqua qu'elle déglutissait difficilement… Je vais être patient, n'aies pas peur. Voilà, tu le baisses doucement.

Wihéa se tenait rigide devant lui. Elle avait la tête qui cognait sous les effets de l'alcool et des émotions qui l'assaillaient ! Il constata en souriant qu'elle n'osait pas le regarder, elle fixait un point sur le mur de la chambre…

Il comprit sa gêne, alors, il se coucha sur lit, sans lui lâcher la main et l'attira contre lui. Instinctivement, Wihéa se serra contre l'homme qui allait l'initier aux plaisirs de l'amour. Elle aurait aimé lui faire plaisir mais la peur la tenaillait, étreignait sa poitrine jusqu'à lui faire mal. Il lui parla doucement à l'oreille, elle sentit son souffle chaud dans son oreille :

- Allons, bébé, touche mon sexe, il ne va pas te mordre ! Il prit sa main et la posa sur son sexe tendu. Elle le prit dans sa main et ne bougea plus… Piétro s'impatienta légèrement… Mais, enfin, de quoi as-tu peur ? J'ai des préservatifs, tu les as vus sur la table de nuit… Alors, il est où le…

Soudain, il s'arrêta, comme s'il venait de comprendre.

- Dis-moi, bébé… Tu l'as déjà fait ?

Elle avait une toute petite voix terrorisée…

- Fait quoi ?

- As-tu déjà couché avec un homme ?

Elle secoua la tête mais cela ne suffisait pas à l'homme incrédule…

- Réponds-moi ! Tu n'as jamais fait l'amour avec un homme ?

- Non !

- Jamais, jamais ? c'est incroyable… mais tu as bien 18 ans pourtant…

Il pensait maintenant pour lui-même… "En plus d'être jolie, elle est vierge… Voilà qui change beaucoup de choses"… Des idées traversaient sa tête… vertigineuses… Une vierge de plus de dix-huit ans, donc majeure, à notre époque, et si naïve… Il allait en tirer un prix d'or. Surtout il ne devait pas se laisser aller à la déflorer lui-même… La virginité des jeunes françaises était devenue un trésor…

Les pensées de Wihéa étaient plus romantiques, elle sentait son corps vibrer contre lui, elle avait envie de ses mains sur elle, qu'il lui apprenne le plaisir… Sa grand-mère lui avait toujours dit : "Attends d'être amoureuse, ne va pas trop vite ! ". C'était arrivé, c'était le moment… Elle était amoureuse ! Curieuse de nature, elle voulait enfin savoir quel était ce grand mystère. Pourtant, la voix sévère de sa grand-mère envahissait sa tête "Sors de ce lit, cet homme est dangereux ! " En pensées, elle répondit :

- Mais Mamilla, je l'aime… et il m'aime aussi, il a fait des kilomètres pour me montrer la mer, c'est la preuve…

Elle entendit un soupir déçu qu'elle attribua à sa grand-mère avant de se rendre compte qu'il émanait de Piétro… Elle le sentit s'écarter d'elle et s'asseoir au bord du lit. Elle se retourna. Ses yeux voulaient l'interroger mais il lui tournait le dos.

- Je ne peux pas, dit-il d'une voix froide.

- Tu ne peux pas quoi ?

- Je ne peux pas te faire l'amour !

- Mais pourquoi ?

- Je… il faut… Il lui montra soudain son entre-jambe… Tu vois, il ne peut pas non plus !

Elle observa le sexe qui avait perdu de sa superbe et restait pantelant dans son nid de poils. Elle ne comprenait pas ce qui se passait. Elle se mit à genoux derrière Piétro et l'embrassa dans le cou, lui glissant à l'oreille :

- Toi, tu sais t'y prendre, apprends-moi, montre-moi ce qu'il faut faire.

Il paraissait fâché et se leva brutalement pour échapper aux bras de Wihéa :

- On verra demain, je vais faire un tour.

Il se rhabilla et, sous le regard effaré de Wihéa, il sortit de la chambre, sans mot dire, sans un regard pour elle. Un moment désorientée, elle pensa soudain à Céline, elle pourrait lui dire, elle, ce qu'il fallait faire dans ce cas. Il était tard mais elle savait que Céline veillait, d'ailleurs, elle l'attendait et s'inquiétait sans doute…

En effet, Céline fut soulagée de l'entendre... Wihéa lui raconta son voyage, la mer, son bonheur d'être là. Par une subite intuition et sans rien expliquer à son amie afin de ne pas l'inquiéter, Céline se montra curieuse, elle nota le nom de l'hôtel et celui de Piétro Machiotti. Elle avait senti à ses côtés comme une présence, comme si quelqu'un lui soufflait que Wihéa était en danger.

- Au fait, j'ai eu un journaliste de Paris qui veut que tu le rappelles. Au sujet de l'accident.

Wihéa verrait le lendemain, ce soir, elle n'avait rien pour noter.

- Tu comptes rentrer quand ?

- Je ne sais pas, il ne m'a rien dit... Si tu savais comme je l'aime...

- En effet, cela se sent... C'est bien que tu sois heureuse, j'en suis contente mais tu sembles perplexe.

- Non... Enfin... si. . Wihéa ne savait comment expliquer la situation. En fait, il a voulu mais n'a pas pu.

- Il a voulu quoi ? Céline se doutait de la réponse, mais elle voulait que son amie lui dise réellement.

- Me montrer comment... enfin... me faire l'amour...

- Et il n'a pas pu ?

- Non... je crois que le fait que je sois vierge lui a fait peur... Alors il est sorti...

- ça alors... Mais bon, tu es sûre de ses sentiments ?

- Bien sûr, s'il ne m'aimait pas, il ne m'aurait pas emmenée au bord de la mer... et il veut peut-être me garder vierge pour me demander en mariage...

- Oh Wihéa, que tu es naïve… C'est dingue… Bon, tu es sûre que tout va bien se passer ? Tu n'as pas peur, au fond de toi ?

- Parfois oui, j'ai peur… mais avec lui, je ne crains rien. Rassure-toi, il dit toujours qu'il me protégera. Tu crois que c'est grave s'il n'a pas pu ?

- Oh non, au contraire ! C'est bien.

- Alors ça va. Je te laisse dormir et je te rappellerai pour te dire quand je rentrerai, ok ?

- Ok ma grande, bonne nuit !

Céline reposa le combiné, perplexe. Devait-elle s'inquiéter ? Une petite voix intérieure lui disait que oui… Elle ressentit comme une illumination et reprit le téléphone.

- M. Marchant, bonsoir, désolée de vous appeler si tard mais j'ai des nouvelles, Wihéa vient de m'appeler.

- Ouf, vous me rassurez ! Je me faisais du souci pour elle…

- Eh bien… Céline ne savait comment lui faire part de ses nouvelles inquiétudes mais elle avait besoin d'être rassurée. L'angoisse au sujet de son amie la tenait depuis la vieille au soir et l'inquiétait de plus en plus. Patrick sentit son hésitation aussi se permit-il d'insister un peu :

- Elle va bien ?

- Oh oui, elle semble amoureuse mais… quelque chose me fait peur, je n'arrive pas à savoir quoi…

- Peur ?

- Oui. Elle le connaît depuis hier soir, il l'a emmenée sur la Côte… soi-disant pour voir la mer mais… elle est tellement naïve, elle vient de la montagne, d'un chalet isolé alors. Cet homme il est beau, mais... Je ne sais pas…

- Vous pensez à quoi… Là ?

- Je l'ai vu hier à la sortie de boîte… il a un air… enfin l'allure…

- D'un voyou, blouson noir ou punk ?

- Oh non, cela, ce ne serait rien.

Patrick sourit… C'était bien des filles d'aimer les blousons noirs…

- Alors, dites-moi, à quoi vous fait penser cet homme ?

- A un maquereau !

- Un mac ? Et il l'emmènerait sur la Côte pour… oh non ! Il sentit aussi l'angoisse l'envahir pour cette jeune fille qu'il ne connaissait pourtant pas.

- Vous connaissez son nom ?

- Oui, elle m'a dit que le réceptionniste le connaissait, il l'a appelé M. Machiotti et son prénom est Piétro.

- Piétro Machiotti… J'ai déjà entendu ce nom… Vous avez peut-être bien raison… Vous savez quel est l'hôtel ? Je crois que je vais appeler un collègue là-bas, histoire de vérifier les intentions de notre bonhomme…

- Mais s'il intervient… et Wihéa ? ? ?

- Ne vous inquiétez pas, mon ami est journaliste comme moi, un peu paparazzi sur St-Trop… Il peut prendre quelques clichés et voir ce que cela donne. Il n'interviendra que si les idées de notre Piétro sont un peu tordues…

- Oh, merci… monsieur !

- Appelez-moi Patrick. Et vous c'est ?

- Céline !

- Ok Céline, vous m'appelez si elle vous rappelle.

- Ok. Merci de votre aide. Elle hésita un instant avant de se lancer. Patrick ?

- Oui.

- Vous pensez que Wihéa est en danger ?

- Sincèrement, je ne peux vous rassurer complètement… Elle vous a parlé de quelque chose qui vous intrigue, on dirait…

- Eh bien oui… Elle m'a dit qu'il était sorti, il n'avait pas pu lui faire l'amour en apprenant qu'elle était encore vierge…

- Mon Dieu… La voix de Patrick était faible mais Céline l'entendit quand même…

- C'est étrange, n'est-ce pas !

- Eh bien, soit ce jeune homme est très amoureux, soit il veut monnayer la virginité de votre amie… J'appelle de suite mon pote et je vous tiens au courant. Vous vous couchez bientôt ?

- Oui, mais appelez-moi si vous avez des nouvelles… De toute façon, je doute que je puisse bien dormir…

Patrick feuilleta son carnet de téléphone et composa un numéro. La voix endormie de son ami le fit rire :

- Salut Romain, je te réveille il me semble… c'est Patrick !

- Oui, salut vieux, je t'ai reconnu. Qu'est ce qui t'amène ?

- Une femme...

- Ben tient… y'avait longtemps !

- En fait, il s'agit d'une jeune fille qui semblerait être tombée dans les bras d'un mac…

- Une de plus, tu la connais ?

- Oui et non. Non, parce que je ne l'ai jamais vue et ne connaissais pas son existence il y a deux jours… Et oui parce que… tu te souviens de l'accident qui était un meurtre et que je n'ai jamais pu prouver ?

- Oui, tu avais même eu un malade à tes trousses… et ton témoin avait disparu…

- Eh bien les personnes tuées avaient une fille !

- Ah bon, mais personne ne le savait ?

- Eh non ! Ils n'ont jamais pu être identifiés et personne ne les a réclamés. La jeune fille est venue pour rechercher la vérité mais elle est sortie avec une amie en boîte. Elle a rencontré un homme et hop, disparue… ou presque.

Romain était consterné et désormais totalement réveillé. Son ami lui expliqua la situation, il prit quelques notes avant de conclure la conversation :

- Bon, je vais voir un peu ce qui se passe sur place. Je te tiens au courant et toi, rappelle-moi sur mon portable si tu as du nouveau.

- Ok, à plus et… bonne nuit, si j'ose dire !

Romain s'habilla rapidement. Il repensa à la nuit blanche qu'il avait passé la veille pour photographier une star du X qui sortait en boîte… Rien de bien folichon… Il avait dormi toute la journée… Mais cette nouvelle affaire l'intriguait et il lui tardait de voir cette jeune fille… Si seulement c'était un mac, il ferait un scoop du tonnerre et il sauverait un ange du démon… Il souriait encore de son mot d'esprit en roulant en direction de Saint-Raphaël.

Il était une heure du matin quand il se gara devant l'hôtel. Il avait à peine éteint ses feux qu'il vit arriver la belle BMW blanche. Patrick lui avait parlé de cette voiture. Il prit quelques clichés. En effet, ce mec avait tout d'un mac… Il le suivit des yeux puis surveilla les fenêtres. L'une d'elle s'alluma au troisième étage. Il prit des repères comme à la bataille navale. C'était la fenêtre H3. Il attendit.

Piétro avait allumé en entrant dans la chambre. En homme habitué à ne vivre que pour lui, il ne se préoccupa aucunement de la jeune fille dans son lit. Il maugréait. Wihéa ne dormait pas, mais elle choisit de faire semblant, sentant que le climat dans la chambre était électrique. Elle avait beaucoup réfléchi, s'était interrogée sur l'attitude si étrange de l'homme qu'elle aimait de tout son cœur… Le ciel ne pouvait pas lui avoir mis un homme méchant sur sa route, avait-elle conclu. Mais là, en l'entendant grogner et tourner en rond dans la chambre, elle soupira intérieurement et les doutes l'assaillirent de nouveau.

Son sommeil fut léger, entrecoupé de rêves étranges de corps masculins qui l'entouraient… En fait, c'était toujours le même corps, celui de Piétro, mais il était parfois tendre, parfois terrifiant… Il faisait jour lorsqu'elle se réveilla. Elle enfila sa robe et sortit sur le balcon. Il faisait bon. Elle regarda la rue et son regard fut étrangement attiré par une voiture beige garée en face. Elle distingua un homme assis à l'intérieur et eut le sentiment qu'il la regardait aussi… Curieusement, elle se sentit rassurée par cette présence inconnue…

Romain avait vu s'ouvrir la porte-fenêtre de la chambre qu'il surveillait. Il observait maintenant la jeune fille accoudée à la rambarde, regardant vers l'horizon. Il distinguait bien sa robe bleue et sa masse importante de longs cheveux bruns. Il allait se pencher pour prendre son appareil quand il eut l'impression qu'elle le regardait fixement, il n'osa plus bouger. Lorsque, enfin elle tourna les yeux vers le lointain, il attrapa son téléobjectif et l'examina plus facilement. Il prit quelques clichés de cette jeune fille plus que jolie et qui lui parut si jeune… De nouveau, il croisa son regard par le zoom. Il était près d'elle et vit l'air sérieux et fixe qu'elle prit en le regardant. Une sueur froide lui coula dans la nuque… Il marmonna :

- Ne dis rien, ma jolie, surtout, ne parle pas de ma présence à ton compagnon ! Il descendit son appareil vers sa poitrine et de sa main gauche posa son doigt sur sa bouche, en signe de silence. Elle rentrait justement dans la chambre. Il se sentit soudain glacé…

Piétro était réveillé et avait appelé Wihéa depuis le lit.

- Viens mon bébé, déshabille-toi et viens près de moi.

Wihéa avait les idées claires ce matin, n'ayant pas bu d'alcool, elle hésita. Il se montra plus convaincant, s'excusant pour la veille et prétextant un besoin terrible de câlin. Souriante, elle retira sa robe et s'allongea vers lui. Il sentit sa gêne et prévenu désormais de son inexpérience, il se tourna vers elle, l'embrassant tendrement sur les lèvres.

- N'aie pas peur mon bébé, je vais t'apprendre tout ce que tu dois savoir… Déjà, les parties qu'un homme aime caresser, là… Il passa sa main sur ses seins, et là… Sa main se glissa entre les cuisses encore fraîches de Wihéa. Un léger frisson parcourut son corps et ses seins se tendirent. Il lui sourit. Voilà… tu remarques l'effet que cela peut faire… Les hommes aimeront te caresser ainsi…

Ses doigts glissaient doucement dans le sexe chaud… elle se tortilla de plaisir. Piétro continuait ses explications :

- Et les hommes aiment aussi les caresses, il lui prit la main et la guida sur son corps… Les petits mamelons aussi que tu peux faire tourner dans tes doigts, mais ce qui intéresse surtout les hommes, ce sont les caresses par-là. Il la guida entre ses cuisses, passa sur ses bourses et finalement enserra la main de Wihéa autour de son sexe tendu, sans la lâcher. Il la sentait crispée. Il effectua quelques va-et-vient puis lui expliqua qu'elle devait y goûter. Devant ses yeux surpris, il lui prit la tête et la poussa vers son bas ventre. Wihéa résista.

- Bon, mon bébé, cela te fait peur ? Je vais trop vite pour toi… Excuse-moi, je ne sais pas bien… Il laissa sa phrase en suspens et la regarda avec intérêt… Bon…Regarde ma bite, tu en verras d'autres, des plus petites, des plus grosses, des noirs, des jaunes peut-être…

Wihéa écarquilla les yeux, abasourdie…

- Mais ? … pourquoi… j'en verrais d'autres… pas juste… le tien ?

- Ben mon bébé, il faut bien que tu apprennes la vie… Et ta vie, cela sera d'en voir, de les caresser, de les toucher, de les lécher… C'est comme cela une vie de femme…

Perplexe, la jeune fille se redressa sur le lit, lâchant le sexe de Piétro… A genoux, le ventre dans un étau, elle regarda son compagnon dans les yeux. Il était gêné mais poursuivit ce qu'il appelait son "éducation".

- A quoi penses-tu mon bébé ? Que crois-tu que ce soit la vie ?

- Eh bien… j'imaginais…

- Quoi ? Le grand amour, pour toute la vie ? ? ? Allons, pas pour une jolie fille comme toi ! Tu mérites mieux !

- Mieux ?

- Allons, reviens me caresser, reviens apprendre à me donner du plaisir, on reparlera de tout cela.

Mais Wihéa se leva, dégagea son bras qu'il avait saisi pour la retenir et alla dans la salle de bain. Elle avait besoin de se retrouver seule et de repenser à ce qu'elle venait d'apprendre… "Ainsi, le Grand Amour, il n'existe que dans les livres… Céline a connu plusieurs hommes. Mme Frey est divorcée… Matthieu est seul… Et ce sentiment si fort que je ressens pour Piétro… Pour moi, c'est de l'amour… Mais pas pour lui puisqu'il dit que je connaîtrai d'autres hommes… C'est qu'il ne m'aime pas assez pour m'aimer toute une vie"…

Elle posa ses mains sur les seins qu'il avait caressés… Elle avait aimé ses caresses… entre ses cuisses aussi… Mais si ce n'était pas de l'amour, c'était quoi ? "Du plaisir ! " a-t-il dit… mais il ne peut pas y avoir de plaisir sans amour… Ou alors elle n'a rien compris… Elle soupira et ouvrit le robinet de la douche, l'eau froide lui fit du bien. Elle revit l'eau de la fontaine près du chalet et des larmes lui montèrent aux yeux… La vie soudain, lui semblait terriblement compliquée. Elle sentait qu'elle devait fuir, et pourtant, elle voulait savoir, comprendre.

Piétro entra dans la salle d'eau et lui tendit une serviette. Il ne remarqua pas les larmes, intéressé simplement à prendre la place sous la douche.

- Je me prépare et nous irons déjeuner. Il est bientôt midi. Attends-moi ici.

Wihéa ne répondit pas. Elle aurait aimé aller marcher sur la plage, oublier ses désillusions... Mais elle ne savait même pas où était la plage, pas à côté, c'était certain... Aussi, elle retourna sur le balcon et laissa éclater son chagrin. Elle sanglota un moment avant de sentir une présence près d'elle. Elle se calma et d'instinct, regarda la voiture beige sur le parking... L'homme était toujours là, elle ne le distinguait pas vraiment derrière son appareil photos. Elle ne se posa pas la question de savoir pourquoi cet homme était toujours là, prenant des photos de l'hôtel. Confusément, elle sentait qu'elle ne devait pas en parler à Piétro... D'ailleurs sur le moment, ses pensées étaient à des lieux de ce fait.

Romain avait serré les poings sur son appareil et n'avait pas osé prendre de cliché des larmes de la jeune fille... Lorsqu'elle le regarda, il baissa son appareil et lui fit un signe de la main. Il ne savait pas s'il devait intervenir... Mais déjà, après avoir séché son visage, elle rentra dans la chambre. Il distingua des mouvements et sentit qu'ils n'allaient pas tarder à sortir. Il se prépara à les filer.

Wihéa et Piétro marchaient le long de la grève pour aller jusqu'à l'auberge. Piétro la tenait par la taille, s'arrêtant pour l'embrasser tendrement. Il comptait bien regagner sa confiance totale…

- Alors mon bébé, cela va mieux ? Tu m'aimes, n'est-ce pas ?

- Je… crois.

Il l'embrassa à nouveau, la plaquant contre lui. Elle frissonna.

- Tu vois, tu m'aimes, tu as envie de moi, de mon corps… Allons, souris-moi, tout ira bien maintenant. Tu as compris que je ne veux que ton bien, et toi, tu veux toujours me faire plaisir. N'est-ce pas, bébé ?

La jeune fille hocha la tête sans conviction.

- Bien, tu me promets, tu me feras toujours plaisir ? Et moi, je te protégerai et je t'apprendrai tout de la vie… Cela marche comme ça ?

Rassurée, Wihéa se détendit et c'est en souriant qu'elle franchit le seuil du restaurant.

Un homme trapu tout vêtu de blanc se leva à leur arrivée.

- Salut Piétro, je vous attendais. Bonjour Mademoiselle !

Piétro ne fut pas surpris de le voir, ce qui étonna un peu la jeune fille. D'ailleurs, sur la table trois couverts étaient dressés.

- Salut Ben Youssef. Voilà, je te présente Wihéa.

- Bonjour Mademoiselle Wihéa.

L'homme avait un accent étranger que la jeune fille ne connaissait pas…

- Bonjour Monsieur !

Wihéa ne comprenait pas la présence de cet homme qui la dévisageait et la mettait mal à l'aise. Ce personnage lui semblait étrange, il avait le teint bistré, des cheveux très noirs, une robe longue… Elle aurait aimé rester seule avec Piétro, discuter peut-être pour parvenir à comprendre ce qui se passait entre eux… Elle refusa l'apéritif mais Piétro insista, la fixant avec autorité… Elle prit le verre.

Les deux hommes la regardaient en souriant. Elle était partagée entre la crainte, la rébellion et son amour encore si fort pour Piétro… Elle ne savait quelle contenance prendre… Leur table était isolée dans un coin sombre, derrière un paravent les cachant des autres clients… Elle aurait aimé voir la mer… Pourquoi les avaient-on installés ici alors qu'ils auraient été si bien en terrasse, ou, au moins, près des larges baies vitrées ? Soudain, elle sursauta, sentant une main sur sa cuisse. Affolée et n'osant plus respirer, elle regarda Piétro. Il posa sa main sur la sienne et lui dit tendrement :

- Tout va bien, bébé ! Cela fait partie de ce que tu dois apprendre. Laisse faire mon ami.

Mais la main remontait entre ses cuisses. Lorsque des doigts tentèrent de s'insinuer dans sa culotte, elle frémit de dégoût et brusquement, elle se leva, gifla l'homme et sortit du restaurant sous les regards étonnés des clients. L'homme en blanc éclata de rire et dit à Piétro :

- Hmmmm, sauvage la petite…

- Eh, tu voulais une vierge… Piétro rit aussi… Laisse-moi quelques jours et elle mangera dans ta main…

- On repart demain, mon patron la veut dès ce soir…

- Ce soir ? Elle n'est pas prête …

- Oh… L'homme prit une boîte dans sa poche et la lui glissa subrepticement dans la main. Dans ces cas-là, un peu de calmant la rendra plus docile… Demain, tu verras, elle se réveillera sur le yacht, si elle a plu à mon maître, ce dont je ne doute pas… Il adore les vierges pour leur inexpérience… "Sauvage hier, soumise demain", telle est sa devise. Une fois sur le bateau, elle n'aura plus le choix que d'être soumise à tous ses désirs et au pays, encore plus… Comme tu l'as compris sans doute la nuit dernière, il ne pense pas la mettre dans son harem, déjà surpeuplé mais l'offrir à ses amis… Je compte bien moi-même… hum hum… Ben Youssef eut un sourire entendu. Il viendra la voir ce soir… avec la somme prévue.

- Bon, et tu m'as parlé d'un bungalow, la nuit dernière !

- Oui, plage privée, mon maître a acheté un bungalow qu'il a équipé de gadgets utiles et agréables pour des soirées de charme… voici les clés et le plan, ce n'est pas loin. On arrivera à 20h30 précises, assure-toi que la demoiselle soit prête. Il y a des habits érotiques dans le placard de la chambre, tu trouveras ! Surtout n'abuse pas des calmants, je me demande même si c'est une bonne idée. Il les aime rebelles… alors… Juste un peu d'alcool… mais en cas de besoin, les menottes sont dans le tiroir de la table de nuit…

L'homme se frotta les mains, enchanté.

- Hummm ! il me tarde d'y être…

Assis quelques tables plus loin, Romain n'avait rien perdu de la scène. Il aurait aimé sortir et aller consoler, protéger, Wihéa, mais il n'avait pas terminé son repas et ne devait surtout pas se faire remarquer. Il constata par la fenêtre qu'elle se dirigeait vers la mer et tout en continuant de manger sa viande, il la surveilla du coin de l'œil. Il n'entendait que des brides des échanges verbaux des deux hommes, mais il savait qu'ils parlaient d'elle.

Après avoir tranquillement terminé son repas en plaisantant avec son ami, Piétro alla retrouver Wihéa sur la plage. Elle avait enlevé ses chaussures et ses orteils jouaient dans le sable. Le bruit des vagues l'avait calmée et elle se laissa embrasser, sans rendre le baiser.

- Pardonne-moi, bébé, je ne pensais pas que cela te déplairait ! Cela m'aurait vraiment fait plaisir que tu laisses mon ami te caresser.

- Mais pourquoi ?

- Parce que j'aime partager les choses… et les gens que j'aime…

- C'est curieux !

- Mais non voyons, tous les hommes sont comme cela…

- Je ne sais pas !

- Eh non, justement, tu ne sais pas et c'est là le problème… Tu connais mon frère, Roberto.

- Non.

- Oui, c'est vrai, tu dormais dans la voiture quand nous sommes passés le voir… Mais si tu le connaissais, lui et sa femme. Elle pourrait t'expliquer comme Roberto l'aime et pourtant la partage avec d'autres…

- Mais pourquoi ?

- Tu poses trop de questions mon bébé, embrasse-moi !

En se penchant sur elle il lui caressa la poitrine et il sentit ses seins réagir.

- Tu vois bébé, tu es née pour l'amour… Tu m'aimes… Il lui tapota la poitrine : ils ne peuvent te trahir.

Puis il prit la main de la jeune fille et la posa sur son pantalon ; tu vois, mon sexe te montre aussi mes sentiments… Allez, viens !

- On rentre ?

- Non, j'ai encore une surprise pour toi.

- Il faudrait que je téléphone à Céline… Elle va s'inquiéter…

- Tu verras cela plus tard, bébé, pour le moment, nous sommes tous les deux et j'ai envie de toi.

- Mais…

- Viens, nous allons aller dans un petit bungalow au bord de la mer, juste sur la plage, tu verras, c'est magnifique.

Piétro avait compris qu'il ne devait pas la laisser réfléchir, qu'il fallait l'emmener vite dans le bungalow et l'attacher si nécessaire en attendant le soir.

Romain les avait suivis et s'installa plus haut dans la colline, ainsi, il pouvait voir la plage et les allées et venues, sans être repéré. Il allait devoir agir, il devait prévenir l'inspecteur Marillot. Il avait entendu que l'homme en blanc allait venir le soir-même, il serait bien qu'il soit pris aussi dans les mailles du filet. Mais Wihéa ? Ne valait-il pas mieux la sortir des griffes de cet homme le plus rapidement possible ? Il ne savait réellement plus que faire, pris entre l'ambition d'un scoop exceptionnel et la volonté de protéger cette jeune fille qu'il ne connaissait pas…

De son point de vue, il la vit sortir en maillot de bain et aller dans l'eau. Elle sautait par-dessus les vagues en riant. Elle nagea longtemps et finalement vint s'écrouler sur la plage. L'eau était froide mais cela ne semblait pas la gêner du tout. Elle était d'ailleurs la seule à se baigner… et même la seule sur ce coin de plage isolé. Elle ne s'imaginait pas vivre ses derniers moments de bonheur, de pureté… Au contraire, depuis que le sexe de Piétro lui avait prouvé les sentiments de l'homme : son

Amour… elle avait balayé toutes ses craintes superficielles. Quant à son angoisse profonde, elle la chassa totalement de son esprit, elle aimait, elle était amoureuse et Piétro l'aimait aussi; la vie était belle…

Elle se prélassait au soleil quand Piétro vint près d'elle. Il regarda ce corps jeune et ferme. Il lui détacha son soutien-gorge.

- Ici, tu n'as besoin de rien, nous sommes sur une plage privée et il n'y a personne. On ne peut nous voir…

Il la caressa longuement et elle éprouvait un plaisir de plus en plus intense. Elle n'essaya pas de se soustraire à la main qui frôlait son corps, qui l'explorait après lui avoir enlevé doucement son maillot… Haletante, elle se serra contre lui, prise dans le tourbillon de ses sens, elle se colla à lui et lui demanda de lui faire l'amour, "en vrai, cette fois ! ". Il rit mais recula prudemment…

- Chut, mon bébé, on verra cela un peu plus tard… Presque couché sur elle, il l'embrassa amoureusement, puis sa bouche se dirigea vers son oreille.

- Dis-moi que tu es à moi, mon bébé… Allez, dis-moi, « je suis à toi Piétro ! »

- Je suis à toi, Piétro !

- Dis-moi que tu m'aimes !

- Je t'aime.

- Et dis-moi que tu feras tout pour me faire plaisir…

- Oui, bien sûr !

- Non, dis-moi « Piétro, je ferai tout pour te faire plaisir »

- Piétro, je ferai tout… Pour te … faire plaisir.

- C'est une promesse bébé, n'oublie jamais ta promesse…

- Jamais…

Délassée et totalement soumise, elle s'endormit dans ses bras. Il sourit de son air carnassier et lentement se dégagea d'elle, la laissant dormir. Il devait aller faire quelques achats afin de lui préparer un repas somptueux… un repas pour sa princesse… princesse dont la virginité était mise à bon prix… Il se frotta les mains… Elle était plus docile à présent, tout irait bien !

Wihéa rêvait… Elle rêvait de sa grand-mère… Elle se revit avec elle au bord du lac puis près du chalet. Elle entendit sa voix lui expliquer :

- Parfois, des hommes sans cœur entraînent les jeunes filles pures vers la débauche, vers un faux plaisir qui est monnayé, ils la vendent à d'autres… Méfie-toi de cet homme Wihéa, écoute ton intuition, ne te laisse pas submerger par le plaisir des sens…

D'autres rêves l'envahirent, des songes où des hommes la caressaient… Une main lui caressait un sein. Elle ouvrit les yeux. Piétro était là.

- J'ai préparé le repas mon bébé, viens manger !

Comme elle fit mine d'enfiler son maillot, il ajouta :

- Tu n'en as pas besoin, viens !

Wihéa, depuis qu'elle était enfant, avait l'habitude de rester nue dans les recoins isolés de la montagne, vers le lac notamment… Aussi, elle apprécia de ne pas avoir à remettre ce maillot qui la serrait un peu… Elle supposa que Piétro allait se déshabiller aussi pour le repas…

La table était dressée, des bougies brûlaient doucement dans des chandeliers. Un cocktail était servi. Ils trinquèrent.

- Oouuhhh, il est fort !

- Je me suis peut-être trompé dans les doses, bébé… Tu n'aimes pas ?

- Si, si…

- Bois-le tranquillement…

La jeune fille en but quelques gorgées… Puis se souvenant du rêve de sa grand-mère, elle essaya de se concentrer sur sa respiration afin de retrouver son intuition. Elle ne devait pas être ivre si elle voulait y parvenir… Tandis qu'il se rendait à la cuisine, elle versa un peu de son cocktail dans la plante verte près d'elle. Elle regarda la pièce et interrogea Piétro :

- Pourquoi y a-t-il ces caméras dans tous les coins ?

- Oh, c'est un système d'alarme, ne t'inquiète pas.

Wihéa comprit qu'elle était surveillée… Du coup, elle n'osa plus verser le liquide de son verre dans la plante… Elle but doucement… Le piège était dans cet alcool, elle le savait mais comment s'en débarrasser ?

Elle sentit progressivement ses idées s'alléger, ses peurs s'évanouir… Elle tenta de résister… Elle essaya de demander à Piétro pourquoi il ne se déshabillait pas, lui… Elle avait la bouche pâteuse, ne trouvait pas ses mots… Il la regarda attentivement. Il remarqua qu'elle avait déjà les yeux vitreux… Il lui sourit et l'embrassa. Il apporta un plateau de fruits de mer et déboucha une bouteille de vin blanc. Il remplit son verre. Il savait qu'elle adorait les coquillages et il l'observa manger avec appétit. Maintenant, elle portait son verre à sa bouche sans même s'en rendre compte et cela le fit sourire. Il avait eu peur qu'elle se doute de quelque chose quand elle avait hésité devant l'apéritif… Mais pouvait-elle se douter qu'il avait mis une drogue légère ? … Elle est si naïve, si pure… Il consulta sa montre… Il ne lui restait plus beaucoup de temps. Elle terminait à peine sa tartelette aux fraises qu'il la mit debout. Elle perdit l'équilibre. En riant, il l'embrassa.

- On va jouer, bébé, tu vas voir… tu veux bien me faire plaisir ?

- Oui… On va… jouer à quoi ? Mais… qu'est-ce … j'ai ?…

- Chut, ne pose pas de question. Laisse-toi aller… Tout ira bien.

Il l'entraîna dans la salle de bain, la doucha. Wihéa se laissa faire en confiance. Il la savonna presque tendrement… Le corps de la jeune fille réagit mollement, il craignit de l'avoir un peu trop droguée, mais il fut rassuré en voyant la pointe de ses seins se redresser lorsqu'il les pinça pour y accrocher deux petites fleurs blanches. Il lui enfila un string et une petite jupe terriblement transparente, tout était blanc, symbole de pureté… "Décidément, pensa-t-il, ce cheik a du goût en matière de vêtements érotiques." Il ramena la jeune fille dans la chambre, l'étendit sur le lit et la caressa, histoire de la stimuler un peu.

Wihéa se sentait légèrement planer quand elle entendit des voix filtrer dans ses songes érotiques. Elle ouvrit les yeux et revit l'homme en blanc de midi. Il était accompagné d'un autre homme, barbu, vêtu de la même façon. Ils la regardaient en souriant. Elle se redressa dans le lit. Instinctivement, elle se cacha la poitrine et serra ses genoux contre son ventre.

- Oh, une petite vierge effarouchée… Ben Youssef regarda les caméras de la chambre, et eut un petit air satisfait. Il s'approcha de la jeune fille et la gifla.

- C'est pour celle de midi, tu apprendras ma mignonne qu'on ne frappe jamais un homme. Maintenant, je te présente mon Maître, ton Maître. Dis-lui bonjour !

Wihéa jeta un regard implorant à Piétro mais en le voyant sourire, elle comprit que tout avait été manigancé par cet homme en qui elle avait confiance. Pire, qu'elle aimait…

- Alors tu… toi… Sa voix s'étrangla…

- Tout ira bien bébé, laisse-toi faire !

Dégrisée par la gifle, Wihéa sauta du lit, titubant un peu.

- Pas question ! Je sors de cette maison !

Ben Youssef l'attrapa par le bras :

- Sûrement pas ma belle ! Mon Maître t'a payée suffisamment cher pour…

- Payée ? Elle regarda Piétro. Il a payé quoi, qui ? pourquoi ?

- Pour ta virginité, pour ton corps… il va…

Impatient de prendre la direction des opérations, le cheik s'avança :

- Bon, trêve de plaisanterie, les enfants. Toi, ma jolie, embrasse-moi !

Wihéa se débattit.

- Sauvage ! Il la serra encore plus contre lui, une main dans le dos et l'autre sur une fesse. Sa bouche se pressa contre celle de Wihéa qui se défendait toujours. Il tenta de glisser sa langue en elle mais elle lui mordit la lèvre supérieure jusqu'au sang. Surpris, il la lâcha et elle en profita pour s'échapper. Mais Piétro l'attrapa avant qu'elle ait le temps de faire trois pas, il n'osait affronter son regard éperdu de terreur.

Les autres riaient, le Maître s'assit sur le lit et avec l'aide de ses acolytes qui la tenaient, il la coucha en travers de ses genoux.

- La demoiselle mérite une fessée. Maintenez-la, elle n'arrête pas de gigoter, mais j'adore cela.

Il semblait effectivement prendre un plaisir sadique intense à la regarder ainsi, nue, prisonnière des deux autres hommes, ses fesses surélevées sur son genoux droit. Soudain il frappa violemment une fesse de la jeune fille qui, surprise, ne bougea plus. Le temps qu'elle réagisse et tente de se redresser, la main frappa, encore et encore… Elle cria lors des premiers coups, sous l'effet de la douleur vive qui irradiait son corps…

- Ah ah… On fait moins la fière… Demande pardon à ton Maître !

- Jamais !

Il frappa encore un peu puis se lassa car elle ne bougeait plus, ne criait plus, restait comme inerte…

- Bon, j'ai la main qui finit par avoir chaud… Piétro, attache-la sur le lit, qu'on puisse la retourner facilement… Eh eh… Je compte bien la déflorer des deux côtés… Le temps de boire un thé à la menthe et on reprendra son domptage.

Wihéa tenta d'échapper aux liens, en vain. Elle cria mais cela fit rire les hommes, Piétro la prévint :

- Personne ne t'entend, mon bébé !

- Ne m'appelle pas comme cela !

- Mais si… tu es mon bébé, tu es à moi, souviens-toi ta promesse !

- Pourquoi m'as-tu fait cela ! Tu es un monstre !

- Oh, on me l'a déjà souvent reproché !

Ben Youssef intervint :

- Mets-là sur le ventre, que l'on puisse boire en admirant son cul rouge.

Piétro s'exécuta. Rouge de honte, de colère, de trahison, la jeune fille resta un moment sans bouger, reprenant son souffle et ses esprits… Elle sentit un liquide chaud couler sur son dos tandis qu'une odeur de thé à la menthe envahissait la pièce…

- On ne s'endort pas ma jolie, on est loin d'en avoir terminé, on n'a même pas encore commencé… Ben Youssef riait.

Le Cheik annonça qu'il voulait déjà vérifier la virginité de la marchandise. Piétro sentit une sueur froide lui parcourir l'échine, il n'avait pas songé mettre en doute les mots de Wihéa et n'avait donc pas contrôlé lui-même…

Ben Youssef glissa une main entre ses cuisses, elle tenta de croiser les jambes mais deux mains lui écartèrent les jambes de force. Ils lui soulevèrent les fesses alors elle se retourna brutalement, donnant des coups de pieds dans tous les sens. Les deux hommes eurent du mal à la maîtriser tandis que le cheik s'amusait comme un fou du spectacle. Elle l'entendait rire et elle se défendait de plus belle. En vain, car bientôt, elle se retrouva sur le dos, les pieds attachés au lit, les jambes écartées, offerte. Elle regarda Ben Youssef qui se tenait à sa droite. Son regard le transperça, elle vit en lui un homme cruel, sadique, noir. Il était en sueur d'avoir eu à la maîtriser mais content de lui. Il soutint le regard de

Wihéa mais se sentit soudain mal à l'aise. Il avait l'impression d'être perforé par ce regard translucide, jusqu'aux recoins intimes de son âme. Il détourna son regard :

- Mon Maître, je sens que vous allez vous amuser… A vous l'honneur de vérifier la virginité de cette douce et tendre jeune fille…

Le Cheik remonta la jupette et arracha le string d'un coup sec. Terrifiée, Wihéa tenta de calmer sa respiration, de réfléchir : plus elle se défendait, plus cela plaisait à ses bourreaux…

Wihéa regardait maintenant cet homme de son regard clair et rebelle. Il fit la grimace :

- Cachez lui les yeux, son regard me déplait.

Tout était prévu dans ce bungalow et, rapidement, la jeune fille se retrouva la tête dans une cagoule noire. Dans ce noir, elle parvint à se concentrer et doucement, annonça d'une voix troublante :

- Prenez mon corps, jamais vous n'aurez mon âme !

Surpris, les hommes se regardèrent puis observèrent leur victime étendue entre eux. Elle semblait maintenant sans vie, totalement inerte. Le Cheik demanda à Piétro de vérifier si elle respirait. Piétro s'approcha en tremblant légèrement, jamais une fille n'avait eu une telle réaction !

- Elle ne respire plus !

Wihéa était partie en pensée, bien loin de là : elle marchait dans la montagne. Elle sentait l'air frais glisser le long de son corps. Elle observait une marmotte, un peu plus loin, c'était un serpent qui s'enfuyait devant elle. Elle respirait l'air pur, en devinait toutes les senteurs, sa main effleurait un buisson. Elle regardait au loin les massifs montagneux des Ecrins, elle les connaissait par cœur, elle les citait, les uns après les autres. Elle était en paix, libre, heureuse.

Elle se sentit pourtant attirée vers le sol, comme si elle tombait.

- C'est fini ! lui dit à l'oreille une voix douce et inconnue.

Une lumière vive l'aveugla malgré ses yeux clos lorsqu'une main enleva la cagoule noire. Des mains s'affairaient sur ses chevilles et ses poignets, elle était revenue dans le bungalow. Elle sentit des bras qui l'entouraient et la redressaient, on la couvrit d'un drap. Deux bras chauds entourèrent ses épaules. Elle repensa à Piétro et frissonna de peur. Mais la voix inconnue la rassurait, la calmait... Elle n'en comprenait pas réellement le sens car elle n'avait pas encore réalisé ce qui se passait. Alors, elle osa ouvrir les yeux.

Ses trois tortionnaires n'étaient plus dans la chambre. Des hommes en uniforme passaient devant elle, détournant leur regard avec compassion. Un homme la tenait contre elle et lui caressait les cheveux, elle ne pouvait le voir. Deux infirmiers entrèrent et lui demandèrent si elle pouvait marcher.

- Oui, je pense. Avec une légère appréhension, elle quitta les bras accueillants et se leva. L'homme qui avait suivi son mouvement la tint par le bras, la soutenant. Elle le regarda et sourit en reconnaissant l'homme qu'elle avait vu le matin même de son balcon.

Dans la salle principale, ses trois bourreaux, menottes aux poignets la regardaient méchamment. Elle croisa froidement le regard de chacun… Seul Piétro baissa les yeux… Elle avala sa salive ainsi que les mots qu'elle ne pouvait prononcer tant le sentiment de trahison était vif… Elle sortit.

Après une nuit à l'hôpital, Wihéa fut interrogée à Nice et expliqua le peu qu'elle savait… Elle apprit que Piétro l'avait vendue pour plus de trente mille euros à cet homme qui allait l'emmener dans son pays, l'Irak, pour en faire une esclave sexuelle, pour lui et ses amis… Un inspecteur lui montra un épais dossier concernant d'autres femmes, certaines étaient déclarées disparues, d'autres avaient été retrouvées mortes après de multiples sévices… On lui expliqua que cette filière de traite des blanches était importante et enfin démantelée grâce à elle. Mais la jeune fille repensait à tout ce que Piétro lui avait dit… à ses mots tendres, aux promesses qu'il lui avait fait faire… A ce qu'il lui avait fait mais aussi à tout ce qu'elle aurait pu subir. Son innocence dans ce domaine l'avait en quelque sorte protégée de la peur. Elle tremblait rétrospectivement de ce qui aurait pu arriver, de ce qu'elle aurait vécu sans l'intervention de cet homme qu'elle avait vu dans la voiture et qui avait appelé la police… Cet homme, Romain, qui l'avait détachée, consolée.

Ce dernier lui proposa de la ramener sur Grenoble, et dans la voiture, elle pensa à Véronique qui avait vécu un viol véritable… Elle imaginait nettement mieux maintenant, ce qu'elle avait pu ressentir, même si, pour Wihéa, l'intervention de la police était arrivée juste au bon moment… Elle frissonna en repensant à ces hommes en blanc… Elle en voulait tellement à Piétro de l'avoir trahie… Elle en voulait à sa grand-mère de lui avoir fait rencontrer ces personnages… Des larmes coulaient sur ses joues. Romain la regarda et voulut la réconforter. Il posa sa main sur sa jambe, gentiment, mais sentant le recul presque violent de la jeune fille, il s'excusa.

Il n'avait pas encore eu vraiment le temps de lui expliquer sa présence à ses côtés, les photos, la filature. Il avait été interrogé par la police et tout était clair, pour eux, certes, mais pour elle ? Que pensait-elle ? Il lui expliqua que Céline avait demandé qu'on la protège… ce qu'il avait fait de son mieux. Il lui raconta les appels entre Patrick, Céline et lui et conclut :

- Céline était persuadée que tu courais un grand danger… Elle nous attend, ce soir.

Wihéa hocha la tête et se cala contre la portière… Elle ferma les yeux, les calmants qu'ils lui avaient donnés à l'hôpital faisant encore effet, elle ne tarda pas à s'endormir.

En fin d'après-midi, se laissant guider par Céline, par le biais de son téléphone portable, Romain se gara devant l'entrée de l'immeuble. Doucement, il réveilla Wihéa. Elle fut heureuse de retrouver Céline. Celle-ci, en l'embrassant sentit une distance, une appréhension que Wihéa n'avait pas avant… Elle avait, en deux jours, perdu son innocence, dira-t-elle plus tard à Romain alors qu'ils étaient tous les deux, seuls dans le salon.

Wihéa se lavait. Depuis la veille, elle avait pris plusieurs douches mais se sentait toujours sale… Il lui faudrait du temps pour oublier… Mais oublierait-elle vraiment ? Elle repensa à Piétro et des sanglots vinrent la prendre à la gorge, elle suffoqua presque sous sa douche… de douleur, de peur rétrospective et d'un sentiment nouveau pour elle… la haine… Elle pensait l'éprouver pour les hommes qui avaient poussé ses parents dans le ravin, mais ils n'étaient "que des images"… Ce qu'elle éprouvait, là, maintenant, pour Piétro, fut d'une violence qui la surprit ! Elle revit les photos de femmes, de ses autres victimes, des femmes qui avaient cru en lui. Elle revoyait les photos des policiers, se souvenait des objets étranges dans la chambre. Elle imaginait mieux maintenant les tortures qu'elle aurait pu subir. Elle se força à garder l'image de

Piétro devant les yeux, et à travers ses larmes elle s'imagina lui arrachant le cœur. Elle voulait qu'il meure ! Cela lui faisait terriblement mal, à elle aussi, elle frappait le mur de ses poings en hurlant.

Céline et Romain intervinrent rapidement. Céline la serra contre elle tandis que son nouvel ami lui fit avaler un calmant donné par l'hôpital. Les tremblements de la jeune fille se calmèrent… Lentement, ses sanglots s'amenuisèrent… Elle allait s'endormir…

Une fois Wihéa couchée, Céline et Romain commandèrent une pizza. Céline s'inquiéta pour le lendemain matin car elle ne pouvait actuellement s'absenter de son travail. Romain proposa de revenir tôt…

- Restez sur le canapé si cela ne vous dérange pas… Ainsi, si cela lui reprend dans la nuit. J'ai déjà fait des crises de nerfs, mais à ce point…

- J'espère pour vous que vous n'avez vécu ce genre d'aventure…

- Non, c'est vrai… Elle était si amoureuse…

- Et si naïve… C'est ainsi qu'ils les préfèrent…

- Quel salaud quand même ce mec… Au fait, Patrick arrivera demain soir. Vous le verrez, si vous êtes encore là… mais votre travail…

Romain fit un geste de la main.

- Pfff… Pour le moment, je suis en transit…

- En transit ?

- Oui, je fais des boulots différents… photographe, journaliste, détective parfois… remarquez, cela va souvent de pair… J'ai fait un super bon scoop avec l'affaire de Wihéa… Et du coup, j'ai de quoi me poser quelques jours… Soudain songeur, il continua, comme pour lui-même… j'aimerais faire des photos de Wihéa…

- La pauvre… Ce n'est peut-être pas le moment…

- Non, c'est certain… Mais je connais les montagnes d'où elle vient et la prendre en photo, elle, là-bas… J'ai eu cette idée dans la voiture… Je connais des amis qui seraient …

Céline se fâcha :

- Dites, vous ne trouvez pas que ce qu'elle vient de vivre ressemble à ce que vous voulez lui proposer ?

Il sourit…

- Oui, d'une certaine façon, je l'admets… mais elle est si jolie… si sauvage… si…

- Oh, mais il ne tomberait pas amoureux, le monsieur ?

Ils rirent de bon cœur, comme de vieux amis…

ENQUETE AU POINT MORT

Le soleil n'était pas encore levé quand Wihéa se réveilla. Elle se souvint de son week-end, de Piétro… de tout… Sa haine, sa colère contre lui étaient devenues plus diffuses ce matin… Le yi-king lui avait dit de faire attention… Elle ne l'avait pas écouté… Sa grand-mère dans ses rêves, la prévenait aussi… De là-haut, elle ne pouvait agir que de cette manière… Elle, ici, bien vivante, avait le libre-arbitre d'écouter les conseils, d'entendre son intuition… Eh bien, elle avait agi comme une idiote… Elle avait la possibilité d'entendre, de ressentir certaines choses, mais si elle n'en tenait pas compte, elle ne devait pas en vouloir aux autres… Elle seule était à blâmer ! En effet, quoi de plus logique ! C'était elle qui s'était mise dans cette situation… Elle, qui avait fait confiance… Elle, qui avait cru aimer, qui avait laissé ses sens prendre le pas sur sa raison, son intuition…

Elle découvrait le monde d'une façon brutale, terrifiante finalement… Pourrait-elle un jour aimer un autre homme ? Se laisserait-elle caresser, embrasser même ? Elle sentait qu'il lui fallait gérer ces pensées afin de rester objective et ne pas se fermer aux autres, se renfermer à tout jamais en elle-même… Elle avait rencontré un homme mauvais, mais ils ne l'étaient pas tous… Son cœur saignait encore, pleurait doucement, sur cet amour né et mort en trois jours, générateur de bien des douleurs… Elle eut envie de pleurer, encore, mais une étrange nécessité s'insinua en elle… Elle comprit ce qui pouvait l'aider ce matin. Alors, sans un bruit, elle s'habilla, prit sa veste et sortit de l'appartement. D'un pas rapide et alerte, elle avançait dans les rues encore désertes. Le jour commençait à se lever et une lueur douce absorbait la luminosité trop blanche des lumières de la ville.

Arrivée près de l'Isère, elle descendit sans hésiter sous le pont. Avec ses chaussures de sport, elle ne faisait pas un bruit. Reporter se redressa mais la reconnaissant, il fit un léger "wouf" et reposa sa tête entre ses pattes, continuant malgré tout à observer la jeune fille du coin de l'œil.

Celle-ci s'approcha doucement de Matthieu, elle enleva sa veste et simplement en pull et pantalon de jogging, elle se glissa contre son ami. Il ouvrit les yeux et la regarda, surpris, mais avant qu'il n'ait demandé quoique ce soit, elle colla sa joue sur sa poitrine et, enfin, elle laissa couler les larmes qui lui enserraient le cœur… Sans mot dire, il la pressa contre lui, lui caressant les cheveux. Lentement, elle se calma. Il faisait bien jour lorsqu'elle lui dit simplement :

- Merci d'exister ! J'ai besoin de toi, aide-moi à oublier.

- Oublier quoi ?

- Pas envie d'en parler, j'ai faim, on va manger ?

Il lui sourit et la serra une dernière fois, l'embrassant sur le front, avant de s'éloigner pour aller se raser… Depuis la nuit que Wihéa avait passée près de lui, il se rasait et prenait même des douches au "refuge"… c'étaient peu de choses, mais il se sentait désormais vivre pour quelqu'un… Il venait d'en avoir une preuve poignante. En revenant, il lui demanda si elle avait eu des nouvelles de Patrick Marchant…

- Oui… Céline l'a eu au téléphone… mais. Je ne sais plus… Hier elle m'a redit un truc mais… je crois qu'il doit venir… je ne sais plus quand…

Matthieu regarda sa jeune amie. Il était très surpris qu'elle ne soit pas plus précise. Il sentait qu'elle était différente, même son regard si bleu, si clair avait un côté dur qu'il ne connaissait pas. Il aurait aimé savoir ce qui s'était passé. Il le devinait confusément, il l'avait vue avec Piétro l'autre soir… Pourvu que…

Il prit son amie par les épaules, fermement mais son regard doux était interrogateur :

- Je t'ai aperçue avec un homme, l'autre soir, il t'a fait du mal ?

Elle le regarda, il se sentit transpercé, comprenant qu'elle lisait ses pensées, elle savait de quel homme il parlait. Elle hocha la tête.

- Mais c'est fini, il est en prison maintenant !

- Mon Dieu… en prison… mais…

Il avait compris qu'il s'était passé quelque chose de grave. Il n'avait pas su l'avertir, la protéger… Il était terriblement inquiet, depuis ce soir-là… Vendredi et samedi soir, il avait fait toutes les sorties de boîtes de nuit dans l'espoir de les revoir… Le voyant réfléchir et s'assombrir, Wihéa posa son doigt sur la bouche de son ami :

- N'en parlons plus pour le moment, tu veux bien ? Tu sais, je ne suis pas prête à retomber amoureuse… Tu es le seul en qui je puisse avoir confiance… le seul à être gentil…

- Chut ma petite fille, ne dis pas çà. J'ai un peu plus de quarante ans… je pourrai être ton père. Je t'aime comme un père, comme un ami… et je crois que pour le moment, c'est ce qui importe. Ok ?

Elle savait qu'il avait raison, alors elle lui prit la main pour aller jusqu'au fastfood.

Céline avait pris son petit-déjeuner et était partie travailler, elle ne s'inquiétait pas trop pour Wihéa, elle savait que Romain, qui dormait dans le salon, saurait s'occuper d'elle et la conduire où elle voulait… Elle avait confiance en cet homme, consciente que, sans lui, Wihéa ne serait pas dans son lit ce matin…Elle secoua la tête, ne voulant pas imaginer la vie terrible que son amie aurait pu avoir…

Lorsqu'une heure plus tard, Romain se leva, il prit une douche et s'approcha de la porte de la chambre de Wihéa… Il frappa et, n'entendant aucune réponse, il ouvrit doucement. La jeune fille n'était pas là, ses draps étaient tirés, le dessus de lit bien en place… Inquiet, il prit son téléphone et appela Céline au travail…

- Elle est peut-être aller voir Matthieu, son ami, vous savez, l'homme avec qui elle recherche l'histoire de ses parents. Elle n'a pas dû remarquer votre présence… D'ailleurs, je me demande maintenant si elle n'était pas déjà partie quand je me suis levée… Je n'ai pas vu sa veste…

- Bon, et je suis censé faire quoi maintenant ?

Romain sourit mais il était embêté de se retrouver là, seul, dans cet appartement.

- Vous voulez bien rester jusqu'à midi, le temps que je rentre ? Au cas où elle revienne avant.

- Ok, pas de problème. Je vois que vous avez de bonnes lectures. Il sourit en sortant de la bibliothèque un des albums de Bob Morane.

Wihéa rentra dans la matinée, surprise de retrouver Romain… Elle lui avoua l'avoir totalement oublié, mais il la rassura, ce n'était pas grave. Céline les rejoignit pour le repas et ils mangeaient tranquillement quand les informations annoncèrent que Piétro Machiotti, l'un des proxénètes responsables d'un important réseaux de traite des blanches, avait fait une crise cardiaque, la veille au soir et luttait entre la vie et la mort…

Wihéa pâlit et porta la main sur sa bouche en signe d'horreur :

- Mon Dieu, je l'ai tué ! murmura-t-elle avant de s'effondrer en sanglots.

Romain, qui avait vu avec elle les photos d'autres victimes (et d'autres encore pires qu'ils avaient épargnées à la jeune fille), lui expliqua que c'était une belle mort pour un homme si pourri, que l'emprisonnement et l'idée de payer pour ses crimes avaient dû lui être fatals, ou presque... parce qu'en fait, "il luttait entre la vie et la mort...", il n'était donc pas vraiment mort... Et elle n'y était absolument pour rien. Comment pouvait-elle expliquer à ses amis à quel point elle avait voulu sa mort. Elle ne savait pas qu'elle pouvait tuer à distance, mais cela ne l'étonna pas plus que cela... Tellement peu, d'ailleurs, qu'elle se sentit entièrement responsable de l'épreuve de cet homme...ou, disons, de son état critique.

Elle n'en parla plus mais, après le repas, elle sortit. Céline eu juste le temps de lui dire :

- Patrick Marchant arrive à 17H56 à la gare.

- J'y serai !

Wihéa commença par se rendre dans une petite église dans le centre-ville. Elle n'était pas baptisée et même si elle croyait à l'existence de "Maître Jésus", elle n'aimait pas ce que la religion catholique avait fait de lui et de sa vie. Et puis, elle ne pouvait oublier qu'elle avait été brûlée vive, lors de l'Inquisition. Elle avait beaucoup moins de souvenir de cette vie antérieure que de la dernière, mais elle savait suffisamment de choses pour retracer son adolescence dans la pauvreté, son procès sans appel, la sentence des prêtres et sa mort sur le bûcher.

Enfant, elle avait souvent eu des images d'elle, mais dans d'autres lieux, une autre enveloppe… Elle était même un homme dans "sa vie d'avant" comme elle l'appelait. Sa grand-mère l'avait encouragée à en parler, à rechercher des faits lors de méditations… Des catholiques l'avaient tuée en tant que sorcière… mais cela ne l'empêchait pas d'aimer se recueillir dans l'église du village ou les petites chapelles de montagne. Ce n'était pas vraiment pour prier, car cela, elle le faisait n'importe où et plus encore dans la nature, où elle sentait la puissance d'une énergie qui, pour elle, était Dieu. Mais là, en pleine ville, elle avait besoin de trouver la paix d'un lieu de culte où cette énergie était palpable.

Elle marcha le long des rangées de bancs, pria un moment devant Marie et devant St Bernard. Puis elle s'assit sur un banc, et le visage dans ses mains, elle laissa vagabonder ses pensées. Avait-elle le droit de vouloir la mort de cet homme ? Il l'avait trahi honteusement, il l'avait vendue à un autre, mais en fait, elle n'avait pas été violée, elle n'avait pas réellement été torturée comme d'autres. Une fessée, oui, mais cela n'était qu'un mélange de douleur physique et de honte d'être exposée ainsi à des hommes… Véronique avait souffert bien pire qu'elle… Il était vrai que si la police n'était pas intervenue… tout aurait sans doute été terrible… Il y avait des fouets, des sexes en plastique de taille impressionnante, dans cette chambre… Non, elle ne devait pas penser à ce qui aurait pu être… On ne vit pas ainsi… on n'oublie pas… on ne pardonne pas… mais elle, pouvait-elle pardonner ? Elle le ferait, parce que c'était dans sa nature et qu'elle ne voulait pas vivre avec ce souvenir… Pardonner faisait partie de l'oubli, elle en était persuadée… mais là, cet après-midi, elle repensa à cet homme qui luttait pour sa vie. Il était si beau, Piétro…

Méritait-il de vivre ou de mourir ? Ce n'était pas à elle d'en juger. Elle l'avait souhaité, mais sans réellement penser être exaucée. Elle se sentait coupable d'avoir souhaité sa mort… Même si ce n'était pas elle qui avait… Non ! Elle savait que lorsque l'on veut quelque chose très fort, on peut l'obtenir, mais pas cela… L'idée d'un tel pouvoir l'effrayait. Alors, elle fit le vide dans sa tête, regardant une statue de Jésus, grandeur nature, crucifié…

Des images l'assaillirent… des murs blancs… un désert de sable… des personnages en longues robes blanches… Jésus jeune, entrant dans une pyramide… Jésus devant un temple Hindou, vieux, très vieux… Elle ouvrit les yeux, sourit à la statue, tendrement… Les mystères de la religion, de Jésus n'étaient pas à son ordre du jour. Elle devait maintenant aller chercher Matthieu… Il faisait la manche, certes, mais où ? ? ?

Elle quitta silencieusement l'église. Elle se dirigea vers les rues piétonnes. Sans réfléchir, elle marchait dans les rues, et rapidement, elle tomba sur lui. Il avait une guitare… Elle ne l'avait jamais vu avec… mais sans doute la cachait-il, la nuit… Elle l'écoutait sans s'approcher. Elle observa un moment les passants… Certains s'avançaient pour mettre de la monnaie dans une assiette en plastique qu'il avait posée devant lui. Des enfants attirés par la musique tentaient de l'écouter, mais les parents les entraînaient derrière eux. Certains autres, la majorité semblait-il, tournaient délibérément la tête pour ne pas le voir. La misère les dérangeait…

Elle regarda Matthieu… Quel âge avait cet homme étrange ? Il pourrait être son père, lui avait-il dit. Elle ne savait rien de lui, pourquoi vivait-il ainsi ? Il avait parlé d'un long séjour en temps qu'otage dans un pays de l'Est… son métier de journaliste… Elle sourit, depuis son arrivée, elle en avait vu des journalistes… dont un lui avait sauvé la vie… ou du moins, sa virginité.

Ces pensées la ramenèrent à Patrick qui allait arriver. Elle voulait que Matthieu l'accompagne à la gare. Elle alla s'asseoir près de lui sans mot dire. Il la regarda en souriant. Il joua pour elle une musique douce et tendre. Puis, à la fin du morceau, il la regarda :

- Tu vas mieux ?

- Oui, c'est bon. Patrick le journaliste de Paris arrive bientôt, tu viens avec moi à la gare ?

- Bien sûr, mon petit. Le temps de laisser ma guitare à un ami qui tient un magasin et j'arrive. Je ne la garde jamais la nuit, c'est mon seul trésor.... Après toi, maintenant !

Wihéa rit et l'embrassa sur la joue.

Dans le hall, ils retrouvèrent Céline et Romain. En chemin, Wihéa avait expliqué à Matthieu la raison de leur présence avec une simplicité désarmante :

- Céline veut le voir parce qu'elle a passé du temps au téléphone avec lui, à s'inquiéter pour moi, ce week-end... et Romain parce qu'il a passé du temps au téléphone avec lui, à s'inquiéter pour moi ce week-end... Alors tu vois, je ne pouvais pas leur dire de ne pas venir...

Comme Matthieu souriait, elle ajouta avec malice :

- En plus, Romain est le seul à pouvoir le reconnaître.

Ce fut donc lui qui se chargea de repérer son ami. Celui-ci avait un sac de voyage et un sac contenant apparemment son matériel de photos. Ce sac ne quitta pas son épaule même pour serrer la main de chacun.

- Salut Romain, content de te revoir, vieux !

- Vieux, vieux... tu pousses un peu, non ?

- Laquelle des deux est notre disparue du week-end ?

Wihéa s'avança en souriant, il se pencha pour lui faire la bise.

Se tournant vers Céline, il ajouta :

- Et vous… et toi… c'est …

Il bégaya, les yeux dans les yeux de Céline… Ils semblaient avoir oublié le lieu, le temps, les autres… Romain le poussa doucement du coude…

- Eh, on se réveille…

- Excusez-moi ! Bonjour Céline. Il l'embrassa chaleureusement et regarda Matthieu avec curiosité… Vous êtes sans doute l'ami de Wihéa qui l'avez accompagnée au journal… M. Jo m'a parlé de vous.

Tandis que Matthieu lui serrait la main, il ressentit une curieuse impression, il connaissait cet homme, mais d'où ? Il n'eut pas le temps de trop y penser, ses amis l'entraînant jusqu'à la voiture de Céline. Patrick marchait près de Céline, il ne parlait pas, attentif aux frôlements forcément anodins avec le bras de la jeune femme… Il y avait des mois qu'il n'avait pas ressenti ce trouble… Mais bon, il n'était pas venu pour elle…

- Où allons-nous ? Avez-vous prévu quelque chose ? Sinon, j'ai les clés de la maison de mes parents, cela peut être pratique pour discuter, voire dormir pour Romain et moi. Au fait, tu as dormi où cette nuit ?

- Chez Céline.

- Ah ! Un sentiment de jalousie lui serra le cœur, il se reprit. Ok pour la maison, alors ?

Tous acquiescèrent et montèrent dans la Clio de Céline.

Wihéa observait Patrick qui, sur le siège avant, expliquait la route à Céline. Elle avait senti sa jalousie vis-à-vis de Romain. Elle aurait aimé lui dire que Romain avait dormi dans le séjour, pas avec son amie. Mais bon, ils en discuteraient bien si besoin… Elle sentit qu'il allait se passer de grandes choses entre eux. Elle eut même soudain l'image fugitive de leur mariage ! Pour ne pas s'esclaffer, elle mit vite la main devant sa bouche… Elle adorait les histoires d'amour et en voilà justement une qui se dessinait sous ses yeux… C'était génial ! Pour les autres… parce que pour elle… non, elle ne voulait pas y repenser. Elle posa la main sur celle de Matthieu :

- Et Reporter, au fait ? Il est avec Maurice ?

- Oui, bien sûr, je le lui avais laissé pour l'après-midi car il allait… Il ne termina pas sa phrase. Déjà parce que dire que son ami allait faire la manche dans un coin un peu mal famé ne lui parut pas une bonne idée… De plus, Patrick s'était retourné pour demander :

- Qui est Reporter ? Votre chien ?

- Tout à fait.

- Pourquoi ce nom ? Matthieu ne répondit pas… Patrick insista… Vous me rappelez quelqu'un mais je ne sais pas qui… On ne s'est jamais rencontrés ?

Matthieu haussa les épaules. Il regrettait finalement d'être là… avec des hommes, journalistes ou photographes… Il avala sa salive et serra impulsivement la main de Wihéa. Elle le regarda silencieusement. Elle sentit passer en lui une douleur immense… un souvenir… un malaise… Elle serra sa main et se concentra pour lui communiquer ce qu'elle pensait : "il arrive que le passé nous rattrape, on peut choisir de le fuir ou enfin, de l'affronter "

Il la regarda, comme s'il avait entendu ces mots qu'elle n'avait pas prononcé… Il savait depuis qu'il l'avait rencontrée sous le porche que sa vie changerait… Petit à petit, il avait compris que son destin l'attendait …

Il ne s'était passé que quelques instants d'échange sensoriel… Patrick le regardait toujours, il se lança :

- J'ai été journaliste !

- J'en aurais mis ma main à couper. Quel journal ? Où cela ? Quel est votre nom ?

- J'étais au Point, à Paris et… mon nom… je suis Matthieu Bernani …

Romain intervint :

- Bernani ! Mais… vous… vous étiez un des otages…

- Oui, coupa Matthieu, mais, s'il vous plait… parlons d'autre chose !

- Ok, ok… dirent les deux autres de concert…

Patrick se tourna vers la route ou plus exactement vers Céline et continua de la guider. Matthieu se sentait étrangement allégé de son poids… il n'aurait pas voulu mentir à ses nouveaux compagnons, mais il n'était pas encore prêt à parler de sa terrible expérience… De toute façon, ils n'avaient qu'à rechercher des journaux de l'époque s'ils voulaient en savoir plus sur son infortune.

L'installation de Romain et Patrick se fit rapidement tandis que les autres sortaient des bières du frigo. Les parents du jeune homme n'étaient partis que l'après-midi même et la maman n'avait évidemment pas oublié de laisser des provisions à son fils…

Une fois dans le salon, Patrick sortit son dossier et reprit les faits de l'accident… rien de bien nouveau si ce n'est le nom du témoin et son adresse, un village voisin du lieu de l'accident. Ce témoin avait disparu. Soi-disant parti en voyage, d'après la police… Patrick ne savait pas si la police l'avait mis en lieu sûr… Mais, dans ce cas, elle n'aurait pas classé l'affaire en simple "accident "… Par contre, il avait été harcelé au téléphone, son bureau et son appartement avaient été fouillés à cette période… Il était possible qu'il y ait un lien… Sans doute même car, une fois l'affaire classée, l'homme ne l'avait plus appelé cent fois par jour pour lui dire qu'il finirait bien par avoir sa peau…

- Voilà ! dit-il. Rien de plus, sauf un point primordial : on peut désormais identifier les cada… euh… excuse-moi Wihéa, nous pouvons donc maintenant identifier tes parents…

Céline qui suivait attentivement la conversation demanda à son amie :

- Ce qui me surprend, c'est que ta grand-mère n'ait pas réclamé les corps pour les enterrer décemment.

- La voiture avait brûlé avec… mes parents. Pour ma grand-mère, le feu purificateur était la meilleure des sépultures.

- Je comprends !

Patrick reprit la parole.

- Céline m'a parlé d'un cauchemar dans lequel tu vois les deux hommes. Et tu es persuadée que tes parents les connaissaient. Il faudrait reconstituer leur emploi du temps des jours précédents.

- C'est ce que je projetais de faire.

- Bon, alors, commençons par le commencement : quel était leur nom ?

- Mes parents, et moi aussi d'ailleurs, nous nous appelons Moretti…

Elle fut surprise de les entendre tous soupirer. Matthieu expliqua :

- Des Moretti… il y en a énormément…

- Ah bon, désolée…

Céline rit de l'expression de son amie.

- Eh… tu n'y peux rien il me semble. Ne soit donc pas désolée…

Les trois journalistes discutaient à bâtons rompus de ce qu'il était possible de faire, comment chercher, qui chercher… Mais cela ne s'avérait pas simple… Les parents de Wihéa étaient venus voir sa grand-mère paternelle mais comment savoir si elle était encore en vie après toutes ces années et où elle se trouvait actuellement ?

Wihéa se sentait de plus en plus découragée par l'ampleur de sa tâche… Mais ses amis semblaient avoir envie de l'aider, ce qui la rassura quand même… Certains points restaient obscurs notamment le fait que cette grand-mère n'ait jamais cherché à savoir pourquoi son fils ne donnait plus signe de vie.

- Peut-être s'étaient-ils fâchés avec elle… Il paraît que ma grand-mère ne connaissait même pas mon existence, elle ne savait pas que papa s'était marié… Si elle était restée des années sans avoir de ses nouvelles, pourquoi en aurait-elle recherché ensuite ?

- Bon, pour résumer, en partant du fait que c'était un meurtre, personne ici n'en doute, n'est-ce pas ?

Tous secouèrent la tête et Matthieu termina sa phrase :

- Reste à savoir qui sont ces hommes et pourquoi ils ont délibérément poussé la voiture dans le ravin…

Wihéa se leva.

- Finalement, on en revient à la question que je me pose depuis toujours. J'aimerais que l'on aille manger maintenant… Je n'ai pas très faim, mais j'aimerais penser à autre chose.

Dans la rue, Matthieu annonça qu'il allait les laisser là, qu'il…

Wihéa lui glissa furtivement un billet dans la main.

- S'il te plaît, viens avec nous !

Il lui sourit, elle le comprenait si bien, elle devinait ses pensées avec une facilité déconcertante… Il accepta mais la tira un peu à l'écart du groupe pour lui dire qu'elle ne devait plus faire cela…

- Faire quoi ? elle l'embrassa sur la joue… Je ne fais rien de mal, j'ai juste besoin de ta présence près de moi.

- Et tu n'as pas remarqué à quel point tu plais à Romain…

- Romain ? Mais non ! Il est trop vieux.

- Il a dix ans de moins que moi.

- Mais toi, tu ne me dragues pas ! et puis, pas question que j'aie un amoureux, je n'en veux plus !

- Tu n'en veux plus ?

- Non, plus jamais ! Il lui fit les gros yeux, elle se reprit : plus avant longtemps...

Au restaurant, elle jeta quand même quelques coups d'œil à Romain. Et à chaque fois que leurs regards se croisaient, ils se souriaient gentiment. Cet homme avait constaté de visu ce que Wihéa avait vécu… Aussi, il savait qu'il ne devait pas aller trop vite… Il lui fallait surtout essayer de gagner sa confiance et ce ne serait pas simple.

LA MAISON HANTEE

Seule, le lendemain matin, Wihéa ouvrit son coffret, installa le tissu violet et les bougies. Elle ne prit aucun support, se laissa bercer doucement en regardant les flammes. Elle ouvrit son esprit aux pensées qui l'assaillaient depuis son aventure malheureuse, aux conseils de ses amis pour retrouver les meurtriers de ses parents… Elle ne suivait aucune idée précise, les laissant défiler sans tenter de se concentrer pour les retenir, elle les imaginait, sortant de ses yeux afin de terminer leur course dans les flammes… Pour elle, c'était un exercice pour évacuer sa tête afin de pouvoir y accueillir toutes intuitions, toutes pensées neuves… voire même les pensées anciennes mais purifiées par leur passage dans les flammes.

Elle n'avait pas souvent eu à faire cet exercice car tant qu'elle vivait dans la montagne, ses pensées tristes étaient évacuées au fil de ses randonnées dans la nature ou de ses nuits à contempler les étoiles. Elle entendit la voix douce de sa grand-mère lui conseiller de revenir dans sa chambre…

La sonnette de l'entrée tinta au moment où la jeune fille ouvrait les yeux, calme et sereine. Romain et Patrick avaient pris le bus pour venir chez Céline récupérer la voiture de Romain et discuter avec Wihéa. Celle-ci, contente de les voir, les fit entrer, les embrassa avec amitié et ils s'installèrent dans le salon.

Ils avaient énormément réfléchi : retrouver une Mme Moretti leur paraissait tellement compliqué qu'ils se demandaient si la jeune fille ne voudrait pas les accompagner au poste de police afin de voir si dans leurs fichiers, ils n'auraient pas des Moretti qui pourraient correspondre aux hommes que Wihéa voyait dans ses cauchemars… Par contre, l'inspecteur Dominique Roux, ami de Patrick, ne pourrait les recevoir que deux semaines plus tard, il était actuellement en congé… Et le journaliste ne tenait pas à s'adresser à un inconnu.

Wihéa sourit, elle n'était plus à un jour près, d'ailleurs, ses amis lui avaient expliqué qu'il y avait prescription et que les meurtriers ne pourraient être poursuivis pour ce crime. Mais l'enquête serait réouverte et au moins, Wihéa pourrait connaître leur nom. Elle savait, elle, que c'était déjà beaucoup. Et elle préférait laisser passer un peu de temps avant de voir ou de rencontrer ces hommes… Elle sentait qu'elle ne les laisserait pas s'en tirer si facilement, mais avait terriblement peur de provoquer encore la mort ou presque…

Romain semblait vouloir dire quelque chose mais elle percevait sa gêne. De crainte qu'il ne lui parle de sentiments, elle préféra l'ignorer. Quand enfin, il se lança, elle fut amusée de son erreur.

- Wihéa, cela me gêne de vous parler de cela mais vous n'êtes pas obligée de répondre… je… Céline m'a raconté…J'aimerais savoir…

Patrick le taquina :

- Eh ! Mec, je ne te connais pas si timide, allez, on respire et on se lance à l'eau.

Wihéa les regardait avec amusement, elle avait compris, aussi elle aida Romain :

- Mon cauchemar t'intrigue, c'est ça ?

Sa grand-mère lui avait déconseillé d'en parler, lui expliquant que les gens ne comprendraient pas… Céline avait d'ailleurs été assez stupéfaite de l'entendre. Romain lui parla aussi de ce qui s'était passé avec Véronique, comment avait-elle pu lui parler… La maman de Céline avait parlé de télépathie… Pouvait-elle lui en dire plus ?

- La télépathie, mais tout le monde en fait, pourquoi cela te surprend-il à ce point ?

- Non, je ne pense pas que tout le monde puisse être télépathe. On a tous un exemple de télépathie, ok, mais ce n'est jamais vraiment voulu, maîtrisé. On subit une pensée, un hasard… N'est-ce pas ?

- Pourquoi jamais maîtrisé ?

- Si tu es loin et que tu veuilles transmettre un message, est-ce possible ?

- Forcément, d'ailleurs, si je suis à côté, je ne vois pas trop l'intérêt de faire de la télépathie, il suffit de parler… C'est quand on ne peut pas parler et entendre que cela devient utile, vous ne trouvez pas ?

- Logique implacable, Miss. Patrick sourit.

Romain poursuivait son idée.

- Pourtant, si on pense à quelqu'un et qu'il nous téléphone, c'est le hasard, pas la télépathie…

- Je ne sais pas, je n'ai jamais vécu cela, nous n'avions pas le téléphone à la maison !

- Evidemment ! Moi, je l'ai vécu souvent mais en mettant cela sur le dos du hasard. Pour moi, pour faire de la télépathie, il faut maîtriser, il faut comprendre le système, savoir comment cela marche. Toi, Wihéa, tu le fais comme cela, sans réfléchir ?

- Je l'ai toujours fait avec ma grand-mère, souvent avec mon ami, Joël, mais je ne sais pas si cela fonctionne avec d'autres.

- Considères-tu que ce soit un don miraculeux ?

- Oh non ! Wihéa se mit à rire… Un don miraculeux, non. Un don, peut-être, comme certains sont doués en peinture, en musique… Un miracle non, Mamilla m'expliquait que le cerveau humain n'est pratiquement pas exploité par l'homme. En travaillant, on peut sans doute apprendre la télépathie. Il faut aussi connaître, et reconnaître l'existence d'un lien de l'esprit entre tous les hommes… Mamilla disait aussi que les artistes, les musiciens, les peintres étaient plus sensibles à cela.

- Je l'ai lu aussi dans le livre d'un confrère[2], il expliquait que des tests étaient fait dans ce domaine. Tu veux bien que l'on essaie ?

- Bien sûr !

Romain réfléchit un moment et proposa :

- J'ai pensé à…

Wihéa l'interrompit en riant :

- A la couleur verte.

Romain fit une petite moue et dit :

- Trop facile pour toi, alors, on inverse les rôles : pense à une couleur.

Wihéa ferma les yeux un instant, les rouvrit et demanda :

- Alors ?

- Eh bien… bleu ?

Wihéa secoua la tête.

- Non, c'était jaune.

- Cela ne marche pas. Je ne peux deviner tes pensées.

- Mais il ne faut pas que tu devines mes pensées ! Si tu te dis " mais que peut-elle penser ?" c'est sûr que tu n'y arriveras pas. Essaie de ne penser à rien.

- Oh, ça, je ne peux pas…

- Mais si, concentre-toi sur ta respiration simplement en fermant les yeux.

- Ok, j'essaie.

---

[2] Erik Pigani : Psy. Enquête sur les phénomènes paranormaux

Wihéa ferma les yeux et imagina ne voir que du jaune, une fois la couleur fixée dans son esprit, elle l'envoya à Romain en superposant son image.

Elle ouvrit les yeux et vit que les paupières de son ami papillonnaient un peu. Elle sourit.

- Alors ?

- J'ai vu une lueur jaune mais…

- Mais ?

- Mais c'était déjà jaune la fois d'avant, tu as forcément changé !

- C'était bien le jaune pourtant. Il faut peut-être un peu plus d'entraînement pour ne plus douter… On peut continuer si tu veux…

Patrick les interrompit :

- Je ne voudrais pas dire, mais si vous voulez que l'on puisse manger… Céline va bientôt sortir…

Ah ! oui, Céline ! Wihéa savait que les pensées de Patrick étaient plutôt portées vers sa colocataire que vers la télépathie… Elle avait d'ailleurs remarqué l'intérêt qu'il portait à tout ce qui l'entourait, tout ce qui constituait une partie de la femme à qui il pensait de plus en plus…

Le téléphone portable de Romain sonna et il sortit sur le balcon pour discuter un moment. Patrick en profita pour demander à Wihéa si Céline avait un ami…

- Vous ne le lui avez pas encore demandé ?

- Eh bien ! J'avoue que je n'ose pas… Elle semble un peu distante…

- Disons que son dernier petit ami ne lui a pas laissé un souvenir très sympathique… Mais elle vous en parlera bientôt et je n'ai pas eu l'occasion de parler de vous avec elle mais je sens qu'elle vous aime bien… et puis…

Elle s'arrêta, elle ne pouvait lui parler du flash qu'elle avait eu, les voyant en mariés… Elle devait laisser les évènements suivre leur cours, naturellement. Si elle lui parlait de cela, il pourrait être tenté d'aller trop vite et… tout faire capoter…

Romain revint, il semblait perplexe.

- C'est étrange, on vient de m'appeler pour aller faire un reportage… vous allez rire… sur une maison hantée …

- Mais c'est génial ! s'écria Wihéa.

Patrick était plus sceptique :

- Tu bosses pour ces journaux, toi ? Cela me surprend un peu…

- Ce n'est justement pas un journal comme tu penses, ces trucs à sensation. Non, c'est un canard sérieux. Il y a même sur place des mecs spécialisés avec magnéto et tout le toutim… Non, ce qui est le plus étrange, c'est qu'ils me demandent à moi ! Ils ne me connaissent pas…

- Ils n'ont peut-être personne d'autre qui veuille le couvrir…

- Eh bien si… mais c'est moi qu'ils voulaient… Ils n'ont pas pu expliquer pourquoi… Ils n'avaient même pas mon numéro… C'est la secrétaire du labo où je développe mes photos qui le leur a donné…

- C'est rare qu'ils marchent comme çà sans connaître ! Tu as accepté ?

- Le prix et les conditions proposées ne m'ont pas laissé le choix… Je verrai si je peux couvrir un sujet qui ne me branche pas du tout… Pour le fric… L'expérience est intéressante, je n'ai toujours fait que ce que j'ai voulu… pour le plaisir…

Wihéa avait suivi leur conversation sans mot dire mais la curiosité l'emporta et elle demanda :

- Tu ne le ferais que pour l'argent ?

- Oh que oui, parce que le sujet…

- Tu ne crois pas aux maisons hantées ?

- Oh que non !

- Ni aux fantômes ?

- Pas plus…

- Et si tu m'emmenais avec toi ? J'aimerais bien la voir cette maison…

Wihéa avait compris que ce sujet n'était pas tombé sur lui, par hasard, mais peut-être pour le faire avancer un peu dans ses idées sur le paranormal… L'idée de l'accompagner la séduisait… car elle… elle adorait les fantômes !

Romain la regarda sans étonnement :

- Je… Oui, forcément tu aimes les fantômes, toi.

- Eh oui, forcément, comme tu dis… Je pourrais peut-être t'aider.

- Cela peut être marrant pour vous deux, intervint Patrick, mais maintenant il faut y aller, Céline va nous attendre.

- Elle est loin, ta maison hantée ?

- Pas tellement, dans les Alpes-de-Haute-Provence, deux heures maxi.

- On part pour plusieurs jours n'est-ce pas ?

- Oui, je pense ! ils ont réservé une chambre à l'auberge du village.

- Mais… je…

- Chut, je sais, je vais appeler pour en réserver une autre pour toi.

Wihéa sourit de sa compréhension et l'embrassa sur la joue.

- Vos désirs sont des ordres, mademoiselle !

- Et tu crois que j'aurai le temps de dire au revoir à Véronique et à Matthieu et de faire mon sac.

- Oh la la… mais oui ! Il faudra juste y être vers dix-neuf heures, le temps de manger et être dans la maison pour la nuit.

Romain était ravi de voir avec quel entrain la jeune fille souhaitait l'accompagner, même s'il se doutait que le fantôme l'intéressait bien plus que lui, l'homme…

Le voyage, se passa bien. Après un repas simple et amical à l'auberge dans laquelle ils avaient leurs chambres côte à côte, il se rendirent à la maison hantée.

Trois employés d'une société privée de recherche sur les phénomènes paranormaux étaient là depuis deux jours maintenant. Ils avaient recouvert des murs de toiles noires, branché des caméras, installé des microphones.

Ils n'étaient pas ravis de voir arriver Romain et Wihéa mais ils savaient que leurs patrons avaient demandé un journaliste pour couvrir l'événement. "Un journaliste rationaliste, pur et dur" avaient-ils annoncé…

Wihéa et Romain suivirent leur guide, Victor, pour une visite sommaire des lieux :

- La maison était vide depuis plus de cinquante ans. Le propriétaire était décédé en quarante-six, et le temps que le notaire s'occupe des lieux, trouve des héritiers… Il fallut un certain temps… le temps que ceux-ci décident de vendre… bref… les nouveaux propriétaires ont emménagés il y a un mois. C'est une famille des plus classique, il est prof de maths, elle de dessin, ils ont trois enfants de 3, 8 et 13 ans… Deux garçons pour les plus jeunes et c'est la fille qui a 13 ans. Je vous dis cela car des choses bizarres peuvent se passer quand une ado…

Romain l'interrompit :

- Oui, les esprits frappeurs de *Poltergeist*, j'ai vu le film… Je suppose que l'adolescente est perturbée et …

- Non, justement pas du tout… Elle est d'un calme… Enfin, elle était, parce que, depuis qu'ils sont là…

- Alors, donc, que s'est-il passé exactement ?

Victor hésita. Il regarda Wihéa qui semblait plongée dans un autre monde. La jeune fille avait ressenti une présence, une vibration étrange et puissante dans les murs, sur le parquet... Semblant revenir à la conversation, elle demanda :

- Dites-nous, qu'ont-ils vu ou entendu ?

- Ils ont entendu des pleurs. Puis des portes qui s'ouvraient, se fermaient, des pas, et surtout ils retrouvaient des instruments de cuisine sur la table, le matin... Ils ont pensé à des plaisantins, des voisins voulant leur faire peur ou autres suppositions... Mais à force de nuits blanches, ils nous ont appelés et sont partis dormir chez des cousins.

- Et qu'avez-vous vu, entendu, vous ?

- Eh bien nous avons vu une lueur étrange, dans la cuisine, mais sans pouvoir la filmer, nous espérons pour ce soir... Sur trois, nous sommes deux à avoir entendu les pleurs... Maud n'a rien entendu... Par contre, nos enregistrements indiquent des bruits étranges, un peu aigus pour être des pleurs... Cela correspondrait plus à une voix féminine, mais nous n'en savons pas plus.

Wihéa avançait dans le couloir, ressentant avec force cette présence... Romain fit signe au chercheur de se taire et ils observèrent la jeune fille. Elle ne prit pas l'escalier qui montait à l'étage mais se dirigea vers l'écurie. Elle la traversa, entra dans la grange.

- Ils viennent d'ici, annonça-t-elle, ils sortent de ce mur.

Les hommes la regardaient surpris. Ils étaient devant un mur, un simple mur…

- Il y a une pièce, là, derrière, regardez, le mur a été construit après les autres…

En effet, il n'était pas taillé dans les mêmes pierres, le ciment semblait plus récent, bien que datant quand même d'une soixantaine d'années. Ils le dégagèrent des cartons de déménagements et autres objets des nouveaux propriétaires et furent surpris de trouver une petite trappe, fermée par un verrou. Romain ouvrit, mais ne vit absolument rien de l'autre côté.

Victor appela Maud et Arnaud et leur fit installer rapidement le matériel utile à leur expérience, soit une toile noire tendue contre le mur, deux caméras infrarouges en face et, bien sûr, des micros. La nuit était maintenant pratiquement noire, ils allaient éteindre toutes les lumières et attendre.

Wihéa demanda à rester. Elle semblait si sûre d'elle qu'ils ne discutèrent pas. Ils sortirent, laissant la caméra et le magnétophone en marche. Wihéa s'assit sur le sol, le dos contre le mur, les mains posées sur ses genoux, silencieuse et concentrée. Elle sursauta. Des pleurs montaient de l'autre côté du mur. Des sanglots de femme… et soudain, plus stridents, des cris de bébé.

Le cœur de Wihéa se serra, elle se redressa contre le mur froid. Romain et les autres se regardèrent sans mot dire… Ils percevaient des sons mais pas aussi distinctement que la jeune femme… Ils la regardaient agir avec un certain étonnement.

Une lueur étrange passa à travers le mur et s'arrêta devant Wihéa. Lentement, celle-ci avança la main. Le reflet se déforma, recula.

- Ne craignez rien ! dit doucement Wihéa.

La lueur se déforma et une silhouette de femme apparut, tenant un bébé dans ses bras. Le bébé pleurait encore, la femme le berçait…

- Il a faim. La voix était sourde, lointaine et d'une tristesse terrifiante.

Wihéa se sentit transpercée par un froid glacial… Il ne faisait pourtant pas froid mais lorsqu'elle parla, une vapeur légère sorti de ses lèvres.

- Allons à la cuisine, si vous voulez.

Wihéa sentait mille sensations l'envahir, comme si la présence près d'elle voulait lui parler par la pensée. Elle respira lentement car son souffle était court. Elle pensa au magnétophone et vit le bouton rouge éclairant faiblement.

- Qui êtes-vous ?

- Madeleine Meyerbaum et voici mon fils, Hans.

Comprenant que la présence lui parlait par télépathie, Wihéa choisit de redonner les infos pour l'enregistrement. Elle répéta donc :

- Vous êtes Madeleine Meyerbaum et votre bébé s'appelle Hans, c'est cela.

- … Chercher son père… !

- Chercher son père, où est-il ?

- Allemagne… Kö… Köln…

La forme s'avança vers la jeune fille qui ne bougeait plus… Elle la sentit entrer dans son esprit…. Elle était calme… Wihéa sentit défiler en elle des images étranges… Elle révélait ce qu'elle voyait au fur et à mesure…

- Un homme jeune et moustachu… Il me regarde, il me sourit, il a des yeux très doux. On est heureux. Une voiture noire… ils vont l'arrêter… je dois me cacher… Hans ! Wihéa appela et se mit à pleurer, ses sanglots ressemblaient à ceux entendus au travers du mur… Lentement, la douleur de la séparation s'atténuant, les pleurs se calmèrent et Wihéa reprit ses descriptions.

- D'autres images… Des gens sur la route, ils… ont des baluchons. Je marche aussi. Attention, des avions ! Elle se coucha sur le sol. Lentement, elle se releva… parut soulagée… Je vois la maison… Mon frère, où est mon frère ? Elle sembla surprise… Mon frère me déteste… il a honte… bébé allemand… Non jamais ! cria Wihéa. J'aime mon bébé…Le mur… Pourquoi il fait ce mur ? Noooonnnn ! ! ! ! Le cri était déchirant… Un bon moment plus tard, Wihéa reprit d'une petite voix implorante : mon bébé a faim ! Bébé a faim ! Bébé….

Wihéa sentit la présence quitter son esprit et s'éloigner précipitamment en direction de la cuisine. Elle resta sans oser faire le moindre mouvement… Elle regarda la caméra d'un air désespéré… Romain avait envie d'aller la retrouver, mais les autres le retinrent. Le halo de lumière revenait… La forme s'arrêta près de Wihéa, dit doucement "aidez-moi" et toucha la joue de la jeune fille qui sentit un air froid passer sur son visage… froid mais pas dangereux… La forme retraversa le mur, disparut.

Wihéa se laissa glisser sur son séant… Ce n'était pas de l'épuisement… Elle avait l'impression d'avoir vécu une autre vie, comme cela… d'un coup. En quelques minutes, elle avait revécu le drame de cette Madeleine… Romain se précipita vers elle et la fit sortir de la pièce. Maud lui tendit une tasse de thé. Personne ne disait mot, le silence était lourd, terriblement lourd… Wihéa avait le nez dans sa tasse… Elle pleurait doucement. Romain passa son bras sur ses épaules.

- Bois, ensuite nous rentrerons à l'hôtel ! On rediscutera de tout cela demain matin.

Wihéa était curieuse, elle se reprit :

- Vous avez vu quelque chose, enregistré la voix, les pleurs de la femme et de son enfant ?

- Ta voix, oui… tes pleurs… sinon, des bruits bizarres et relativement habituels pour nous…

- Et les films ? Vous avez filmé la forme de ce fantôme, son halo de lumière ?

- Eh bien… on voit un tout petit peu… une forme un peu verte…

- C'est cela, oui. Comme une lumière verte.

- Mais tu la voyais distinctement ?

- Oh, non, elle se déformait… C'était assez évanescent…

Romain se trouvait dépassé par toutes ces histoires. Il voulait discuter avec Wihéa afin de la convaincre qu'elle avait des hallucinations… Que rien n'était vrai. Sous prétexte de rentrer à l'auberge, il l'entraîna vers la voiture.

Une fois seuls, il aborda directement le sujet :

- Comment peux-tu te prêter à leur jeu ?

- Me prêter à leur jeu… Pourquoi penses-tu que ce soit un jeu ?

- Mais enfin, tout cela n'est qu'une illusion pour toi !

- Pourquoi, une illusion ?

- Parce que tout cela n'existe pas !

- Et qu'y a-t-il sur les vidéos ?

- Une simple lueur, cela peut venir de n'importe quel phénomène physique, voire tellurique…

- Et juste aux moments où je voyais une forme ?

- Tu imaginais que tu voyais une forme ! C'est différent !

- J'imaginais… Mais la forme était quand même précise pour moi, je pouvais voir une femme d'une trentaine d'années, les cheveux mi-longs, bruns, avec une longue chemise de nuit et un bébé dans les bras… Je l'ai entendue aussi.

- C'était une hallucination, simplement, cela arrive ! Et puis, tu crois avoir entendu des voix… Tu as de l'imagination, et cela te joue des tours…

- Les spécialistes me croient, eux !

- Bien sûr, puisque cela confirme ce qu'ils veulent croire !

- Et les sons sur les enregistrements…

- Des bruits plutôt discordants… des sifflements, rien de bien précis…

- Et c'est au même moment que j'entendais les voix… Cela ne t'interpelle pas plus ?

- Non ! Peut-être remarquais-tu inconsciemment que les micros fonctionnaient, ils ont une petite lumière rouge quand ils enregistrent… Aussi, tu pensais, toi, entendre des voix en même temps…

- Et cette histoire ? Le nom de cette femme, je ne l'ai pas inventé !

- On recherchera demain si elle a existé… mais cela ne prouvera rien, elle sera peut-être bien vivante... Ou n'aura rien à voir avec un bébé, avec cette maison…

- Et l'histoire, les gens sur la route que j'ai vu par son regard ?

- Oh, des scènes de ce genre, on en voit dans de nombreux films de guerre !

- Tu oublies une chose !

- Ah oui, quoi ?

- Je n'ai jamais vu de tels films… Nous n'avions pas la télé !

- Oh, tu as pu le lire alors, tu m'as dit que tu lisais beaucoup.

Wihéa sourit à son ami.

- Tu sais, je ne chercherai pas à te convaincre de l'existence de fantômes… Ma grand-mère disait "ce sont toujours ceux qui n'y croient pas qui tenteront de démontrer qu'ils n'existent pas et qui en auront peur… ce qui est surprenant, c'est qu'ils aient peur de quelque chose qui, pour eux, n'existe pas " Tu devrais réfléchir à ces mots, cette nuit !

Ils arrivaient et se séparèrent en s'embrassant amicalement pour se souhaiter une douce nuit.

Romain fit des cauchemars emplis de revenants de toutes sortes, tels qu'il en avait si souvent vu, lui, l'adepte des films d'horreur… Wihéa, quant à elle dormit à poings fermés… Elle était très calme en se réveillant, heureuse de savoir qu'elle allait retrouver, le soir, sa nouvelle amie… Car c'était une amie pour elle, une personne qu'elle pouvait aider.

En se préparant, elle se souvint d'un enfant monté au chalet avec sa mère afin de rencontrer sa grand-mère. Cet enfant disait voir des fantômes et il était terrorisé, il luttait donc contre ses ressentis et vivait de plus en plus refermé sur lui-même. La maman de Joël avait conseillé à cette femme de venir consulter leur "sorcière". Wihéa avait comme lui, une dizaine d'années, aussi, Mamilla les avait emmenés tous les deux dans la montagne. C'était un endroit très escarpé mais ils restèrent en bas du rocher. Mamilla leur demanda de ressentir les choses et lui dire, séparément, ce qu'ils percevaient. Consultés à part, les deux enfants avaient ressenti les mêmes présences : trois hommes décédés plus de cinquante années plus tôt, en dévissant sur le rocher et faisant ainsi une chute de plus de deux cents mètres. Mamilla avait interrogé le garçon en premier. Puis elle lui avait demandé d'entendre Wihéa. Ainsi, il avait pu constater que ce qu'il voyait n'était pas faux, qu'il n'était pas le seul à vivre ces choses-là et Mamilla leur avait expliqué comment écouter les fantômes, communiquer avec eux et surtout, ne pas en avoir peur.

- Mais s'ils sont méchants ? avaient demandé les enfants, en même temps…

- Ils ne pourront vous faire du mal que si vous en avez peur… Vous êtes vivants, pas eux ! C'est par la peur qu'ils peuvent inspirer aux mortels qu'ils ont un certain pouvoir… Si vous savez leur parler, sans les craindre, jamais ils ne pourront vous faire de mal. Et Mamilla avoua que de tous les fantômes qu'elle avait pu côtoyer, la majorité n'étaient que des victimes cherchant justice… Rien à voir avec l'image de revenants cruels et mal intentionnés.

Wihéa se demanda ce qu'il était advenu de ce garçon, s'il avait su gérer ses peurs et ses contacts avec l'au-delà… Puis elle revint à Romain… Il devait l'attendre pour aller prendre le petit déjeuner… La faim la ramena au présent…

Ils se retrouvèrent pour le petit déjeuner avec les divers membres de l'équipe. Ils avaient tous une petite mine… La nuit avait été bien agitée… Ils avaient peu dormi… Seule Wihéa était calme. Elle expliqua ce qu'elle avait analysé de ses visions de la veille.

- Madeleine était mariée à un Allemand mais il a été arrêté. Elle est revenue, à pied jusqu'ici, pour retrouver son frère. Mais son frère ne supportait pas de la voir. Elle était enceinte. Il disait qu'elle devait avoir honte de son bébé allemand… qu'elle devait le supprimer. Mais elle aimait son bébé, jamais elle ne le laisserait le tuer. Après, je ne sais pas… elle s'est rappelé que le bébé avait faim et elle est partie dans la cuisine.

Victor continua ce qu'il supposait être l'histoire :

- Et s'il l'avait emmurée derrière ce mur d'où elle sortait ?

- Mais pourquoi cette attitude excessive, c'est horrible ! commenta Maud.

Victor haussa les épaules :

- Il faut que l'on interroge les voisins, des anciens du village, ils pourront peut-être nous donner une explication, nous dire s'ils ont vu Madeleine, pendant ou après la guerre… Savoir aussi quelle a été la vie de ce frère… Bref, savoir ce qui peut nous confirmer, ou pas, ce que Wihéa a vu, entendu, ressenti.

Maud se chargea d'appeler les propriétaires afin de leur demander la permission de casser ce mur… Victor et Arnaud firent leur petite enquête dans le village.

Quant à Romain, il allait tenter de retrouver ce M. Meyerbaum… s'il était encore vivant.

Tandis que Romain passait des coups de téléphone de son portable, Wihéa partit sur le chemin en direction de la maison. Elle tenait à faire les trois kilomètres à pieds… Cela lui ferait du bien de marcher dans la campagne.

Soudain, elle s'arrêta net. Un petit bois longeait le chemin, en contrebas de la route. La maison n'était pas encore en vue. Elle se sentit happée par le passé.

Une scène de violence se déroulait sous ses yeux ébahis. Une femme, vêtue d'une robe noire et d'un manteau gris était entourée par trois hommes. Ils étaient en noir avec un brassard sur le bras… Ils parlaient allemand et Wihéa reconnut la croix gammée… En riant, ils arrachèrent les vêtements de la jeune femme et Wihéa constata avec effroi qu'elle était enceinte, son ventre était énorme. Les hommes la violèrent malgré cela, puis, ils la rouèrent de coups de poing, de bottes, s'acharnant sur son ventre, avec un plaisir sadique … Elle hurla puis perdit conscience. Wihéa ne pouvait intervenir, elle n'était pas réelle… Ils ne la voyaient même pas… Une voiture à cheval arrivait au bout du chemin. Les hommes réajustèrent leur tenue et tranquillement, rejoignirent leur voiture noire… Cette dernière avait disparu en direction du village tandis que de l'autre côté arrivait la carriole. Wihéa voyait venir un homme… Curieusement, elle le reconnaissait… c'était le frère de Madeleine… Arrivé sur place, il comprit et il hurla… hurla… hurla…

Victor se précipitait vers Wihéa… Elle était agenouillée dans l'herbe, au bord du chemin et pleurait… Elle semblait en transe… il la secoua… Elle revint à elle…

- Que se passe-t-il ? Qu'est-ce que tu as ? Allons, Wihéa… Calme-toi !

Une fois que la jeune fille fut tranquillisée, relativement il est vrai, il ajouta :

- Je venais te dire, j'ai eu le maire du village au téléphone, pour le frère, il m'a dit… Il y a eu un drame qui…

La jeune fille le coupa :

- Je sais, c'était ici, je les ai vu faire…

Elle tremblait de tous ses membres… Victor la ramena à la maison… Une fois calmée, elle réussit à raconter la scène à laquelle elle avait assisté…

Victor dit doucement :

- C'est exactement ce que m'a expliqué le maire… Mais comment fais-tu ? Comment…

- Je ne sais pas comment… Je ne sais pas contrôler… Tu sais, si j'avais à choisir… je... En tout cas, je comprends mieux pourquoi le frère de Madeleine est devenu fou…

- Oui, il a ramené sa femme à la maison, elle vivait encore et a pu accuser les allemands séjournant au village… Mais le bébé était mort, et elle a fait une hémorragie qui l'a tuée… On comprend pourquoi il n'a pas supporté de voir arriver sa sœur enceinte, elle aussi, mais d'un Allemand… Bon, sinon, autre nouvelle, le propriétaire doit arriver pour signer un papier pour permettre la destruction du mur… Il voulait être ici avec nous, bien sûr…

- Et le père ? demanda Wihéa d'une petite voix à Romain qui les avait rejoints.

- J'ai eu un peu de mal, mais j'ai retrouvé un monsieur Hans Meyerbaum. Je lui ai dit où je me trouvais, il m'a de suite demandé "Vous avez trouvé Madeleine ? Dites-moi, vous l'avez rencontrée ?" Il est devenu comme fou… Je ne pouvais plus vraiment en placer une, il a raccroché en disant qu'il arrivait… Pas eu le temps de lui dire …

En fin d'après-midi, ils se retrouvèrent devant le mur totalement dégagé des cartons et autres objets du déménagement. Le propriétaire était arrivé. Il avait écouté avec intérêt l'enregistrement, l'histoire que Victor lui avait racontée et avait donné son accord pour abattre le mur… Victor et Romain avaient une masse et détruisaient le mur… Les autres enlevaient les pierres au fur et à mesure et les lançaient, plus loin dans la grange… Les coups de masse résonnaient dans les oreilles de Wihéa…

- Je vous en prie, ne lui faites pas mal, priait-elle tout bas…

Une voiture s'arrêta devant la maison. Un homme aux cheveux blancs en descendit l'air un peu hagard… Tous s'étaient stoppés dans leur labeur, surpris. L'homme entra et Wihéa se leva, elle reconnut l'homme de ses "visions", le mari de Madeleine.

- Bonjour M. Meyerbaum.

- Où est-elle ? Je veux la voir…

- Mais…

Romain lui prit le bras.

- M. Meyer…

- C'est vous qui m'avez appelé. Vous l'avez retrouvée n'est-ce pas ? Elle est là ?

- Eh bien… C'est à dire…

L'homme devint pâle…

- Elle est morte… Je le vois à vos regards. Montrez-la-moi, s'il vous plaît…

Victor lui tendit sa masse.

- Si elle est ici, c'est derrière ce mur.

L'homme parut surpris mais il saisit l'outil et frappa le mur avec ardeur, prenant soin comme les autres, de ne pas faire tomber les pierres du côté invisible.

Lorsque le mur fut cassé jusqu'à hauteur d'homme, Victor attrapa une lampe torche. Ils se penchèrent tous par-dessus le mur tandis qu'il alluma.

- Oh, mon Dieu. Il lâcha la lampe qui alla rouler près d'un squelette couché sur une couverture. Un tissu léger, pratiquement invisible tellement il était mité, recouvrait ce qui avait été un corps humain... Maud recula vivement... Les autres ne bougèrent plus, le temps suspendit son vol...

- Madeleine ? demanda l'Allemand avec douceur...

- Et Hans ? demanda Wihéa.

- Hans ? Mr Meyerbaum posa la question sans pouvoir détourner son regard des ossements découverts.

- C'était son bébé ! Regardez, on voit de tout petits os dans ses bras... Victor montrait du doigt le squelette allongé...

Ils avaient tous les jambes tremblantes, M. Meyerbaum encore plus que les autres... Romain le prit par le bras l'entraîna vers la cour avec Wihéa. Ils s'affalèrent tous trois sur le banc. La gorge serrée par l'émotion, l'Allemand fut le premier à parler :

- Si vous saviez comme je l'ai cherchée... Je ne savais pas pour le bébé... Je suis venu ici après la guerre, mais son frère m'a tiré dessus, je n'ai pas pu approcher de la maison... J'ai demandé aux voisins, personne ne l'avait vue... J'ai cherché dans les camps, sur des listes de disparus... Si vous saviez comme je l'aimais... Mais comment avez-vous su ?

Romain lui décrivit leurs recherches... Il révéla aussi le drame qui pouvait expliquer l'attitude du frère... mais M. Meyerbaum pleurait...

- Le salaud… Le salaud… Lui faire ça… Oh mon Dieu que c'est dur… J'aurai dû forcer sa porte… Mais pourquoi derrière ce mur ?

Wihéa annonça doucement :

- je sens qu'elle est encore là… Elle me parlera ce soir, j'en suis sûre…

Personne n'avait faim… Ils se partagèrent un paquet de biscuits et burent du thé… La nuit tombait… Ils ne voulaient pas quitter la grange, comme si Madeleine allait s'échapper, maintenant que le mur était à terre… Pourtant, il leur fallait regagner la cuisine afin de laisser Wihéa seule.

La forme éthérée apparut sortant par la trouée du mur, il n'y eut pas de pleurs… Wihéa lui tendit les bras, et elle sentit que la présence entrait en elle. Elle lui abandonna totalement son corps, sa voix changea :

- Hans… Hans, tu es là, je le sens, je voudrais te voir !

M. Meyerbaum entra dans la grange, silencieux. Emu aux larmes, il avait reconnu la même intonation qu'avait sa Madeleine. Il ne pouvait articuler un son.

- Oh, mon amour… Ferme les yeux et écoute-moi ! Je t'ai donné un fils. Je l'ai appelé Hans, comme toi… Mais mon frère était fou. Il ne voulait pas me voir enceinte, il ne voulait pas du bébé, ton bébé… Il disait que… je devais tuer notre bébé… et il… voulait … Mais pas moi ! J'ai essayé de me sauver mais il… il… m'attachait toujours… Il ne voulait pas que les voisins me voient, alors…Il a construit ce mur.

Elle pleurait doucement, elle reprit après un moment de silence :

- Il avait mis la couverture et je dormais là… j'avais si froid… J'étais grosse, je ne pouvais sortir par la trappe… J'avais essayé de casser ce mur, mais je n'avais pas la force… J'avais un pot de chambre… Je le lui donnais pour le vider… Il me passait un peu à manger, pas beaucoup… j'avais si faim… et mon bébé est né… J'étais toute seule, j'ai cru que j'allais mourir et je t'appelais, je criais…

Elle resta un instant silencieuse, avant de reprendre :

- Un jour, j'ai cru que tu étais là… Mais j'ai entendu un coup de fusil et le soir il m'a dit qu'il t'avait tué… Mon bébé était tout petit… Mais il vivait… Marcel voulait que je lui donne par la trappe. Il me disait : "je te laisserai sortir si tu me le donnes"… mais je ne voulais pas… je savais qu'il allait le jeter aux cochons… et puis… il n'est plus venu… le bébé avait plus de trois mois… Je ne pouvais plus le nourrir… on a eu faim… et voilà ! Mon amour, si tu savais comme je t'aime…

Hans tremblait de tous ses membres…

- Je t'aime Ma Mado… Je t'ai cherchée… Partout… mais… pas là… Il sanglotait.

Elle mit sa main sur son épaule, il frissonna, ouvrit les yeux et vit Wihéa… Mais la voix était toujours celle de Madeleine :

- Je sais mon amour… Nous avons raté notre vie… Je t'attendrai pour la prochaine vie… Je vais pouvoir partir maintenant que je t'ai expliqué. Je t'aime, n'oublie jamais…

Wihéa sentit la "présence" sortir de son corps… Elle ouvrit les yeux et vit Hans tremblant et pleurant près d'elle. Elle ne savait pas ce qui s'était dit, elle était totalement sortie de son corps afin de laisser Madeleine communiquer avec son mari. C'était finalement plus facile pour elle, par rapport à la veille où elle n'était que l'interprète… Elle vit la forme se matérialiser un peu plus clairement, la femme et son petit enfant… Elle savait qu'elle ne les reverrait plus, la forme lui caressa la joue "Merci !". Elle s'avança vers Hans lui posa la main sur l'épaule et doucement s'estompa. Hans n'avait cessé de la regarder, il tendit la main vers l'endroit où la forme avait disparu, "Madeleine !"… Son cri était tellement empli de détresse que Wihéa n'osa pas bouger…

Le propriétaire les remercia chaleureusement. Il allait pouvoir revenir habiter dans sa maison. Hans y était cordialement invité, le temps de préparer l'enterrement de Madeleine et du bébé. Mais il préféra rester dormir à l'auberge du village… Le lendemain matin, l'équipe de chercheurs démonta le matériel tandis que Romain et Wihéa rentraient sur Grenoble, Romain ferait un article sensationnel. Ils avaient tous fait le point de leur expérience et le journaliste disposait de prises de vues relativement claires ainsi que d'une histoire paranormale qui pour lui, restait encore bien étrange. Il ne pouvait toujours pas comprendre ce qui s'était passé, mais les faits étaient là, précis et vérifiés… C'est ainsi qu'il rapporterait cette histoire : uniquement des faits !

Dans la voiture, Wihéa semblait réfléchir.

- Tu ne trouves pas étrange que Hans ait ainsi attendu Madeleine toute sa vie ?

- Bien sûr que non, il l'aimait et tant qu'il ne l'avait pas trouvée, il ne pouvait qu'espérer…

- Il devait l'aimer plus que tout…

- Je crois oui…

- Tu crois que cela existe vraiment un amour si fort ?

- Bien sûr, on l'appelle le Grand Amour !

- Ma grand-mère en parlait, mais Piétro disait que c'était une invention des romantiques…

- Ma puce, je ne sais pas ce qu'il a pu te raconter, mais dis-toi bien qu'il te dît ce qui l'arrangea, uniquement… Oui, le grand Amour existe !

- Et comment on sait que c'est lui ? Je croyais aimer Piétro du plus fort de mon être… et finalement…

- Tu l'aimes encore ?

- Des fois, quand je repense à lui, j'éprouve une impression étrange, comme si je l'aimais encore.

- Avais-tu connu les caresses d'un homme, avant ?

- Non, bien sûr que non !

Le ton qu'elle mit dans sa réponse fit rire Romain.

- Il n'y a pas de honte à ça, plus à notre époque, voyons…

- Ah bon ? Les femmes se laissent caresser facilement maintenant ?

- Certaines commencent vers quatorze ans, même plus tôt…

- Ah… et donc quel rapport entre mes sentiments pour Piétro et l'amour vrai ?

- Tu as aimé ses caresses ?

Elle rougit jusqu'aux oreilles, hochant la tête.

- C'est normal ! N'en rougis pas… Tu le trouvais beau, il te disait des choses gentilles… Alors, tu pensais l'aimer… Mais au fond de toi, tout au fond, tu devais sentir si cet homme était … comment dire… ton âme sœur…

- Ame sœur… oui, ma grand-mère me disait que les âmes étaient souvent liées deux par deux, un homme, une femme, parfois même avec des enfants… et en se réincarnant, les âmes se recherchaient… parfois se trouvaient…

- Comme Mado et Hans… Elle lui a dit qu'elle l'attendrait pour leur prochaine vie…

- Oui… moi j'aimais Piétro, mais tout au fond, il me faisait peur, je ne l'aimais pas de tout mon être, comme on dit… Et d'ailleurs, je peux l'oublier, enfin, pas lui, mais mes sentiments… ce n'était donc pas mon âme sœur… Et toi, tu l'as déjà trouvée ?

- Eh bien… je ne sais pas… je…

- On ne la reconnaît pas tout de suite quand on la croise ?

- Pas forcément… Enfin, toi, peut-être, avec tes facultés bizarres, mais pas moi.

- Mes facultés bizarres ? Pourquoi ?

- Je n'en sais rien… Mais tu fais des trucs que nous ne pouvons pas faire… En quelques jours, j'ai dû totalement revoir mes idées sur les phénomènes psy…

- Les phénomènes psy ? C'est quoi ?

- La télépathie, les fantômes et sans doute ta façon d'aller voir des scènes du passé…

- Oui, mais cela, ce n'est pas drôle… Etre le relais de Madeleine non plus… Tu considères que je suis très différente des autres filles ?

- Oh la que oui !

- Mais je n'ai pas envie ! Je veux être comme elles.

- Pourquoi ?

- Je ne… je vais faire peur… à tous les hommes…

Romain éclata de rire :

- Ça, ma puce, c'est possible, mais pas à ton âme sœur !

- Parce que mon âme sœur vit les mêmes choses, elle sait faire ce que je sais faire, évidemment ! C'est logique !

- Je… oui… peut-être… peut-être pas…

Romain était terriblement mal à l'aise… Il aurait tant aimé être cette âme sœur qu'allait rechercher maintenant son amie… Mais il était évident que si elle cherchait un homme qui maîtrisait ce qu'elle maîtrisait aussi… Elle ne le regarderait jamais… Et même… serait-il apte, lui, à lui apporter le bonheur qu'elle méritait, les réponses à ses innombrables questions ? Il devrait lui faire rencontrer des collègues journalistes plus branchés sur ses dons… Mais la verraient-ils autrement que comme une femme ayant des facultés à exploiter, à rechercher… Ils s'en serviraient pour leurs expériences. Non, il devait la laisser avancer seule dans sa quête… Il allait rentrer chez lui et attendre un peu avant de la revoir… S'il restait, il ne pourrait s'empêcher de lui parler de ses sentiments, de vouloir la protéger, l'aimer sans réserve… Elle n'avait pas besoin de lui… Elle allait rechercher un homme comme elle…

Il ne parlait plus. Elle l'observait gentiment.

- Pourquoi es-tu triste ?

- Je vais repartir à Ste Maxime, où j'habite.

- C'est normal !

- Oui mais…

- Tu sais, je vais me débrouiller… Je ne suis pas seule et je dois trouver ma route… Celle des meurtriers de mes parents, celle de mon âme sœur peut-être aussi, trouver les réponses à mes questions…

Il était surpris qu'elle ait eu le même raisonnement qu'il venait d'avoir… la télépathie ? Il sourit intérieurement et revint à elle.

Elle lui répéta la question :

- Je pourrai te téléphoner ?

- Bien entendu…

- J'aime bien discuter avec toi ! Et pourtant, je sens que je te fais peur parfois…

- Tu as raison.

Les deux jeunes gens se sourirent…

Suite des aventures de Wihéa, en tome 2

TABLE DES MATIERES

Site internet : www.wihea.com

ISBN: 978-1540336156

Prix 10 €
Dépôt légal : novembre 2016
Couverture : crédit photo Séléna Bottari

Printed in Poland
by Amazon Fulfillment
Poland Sp. z o.o., Wrocław

69638634R00114